AF140167

Das Buch

In der Idylle einer schwedischen Waldgemeinde werden vier Männer auf bestialische Weise ermordet und geschändet. Ein fünfter Mord droht.
Die Motive des Täters bleiben zunächst rätselhaft. Dann jedoch finden Kommissar Lindström und seine Kollegen eine Spur. Sie führt 150 Jahre zurück zu einer mysteriösen Frau, Röpecka. Ihr Fluch reicht bis in die heutige Zeit und weit über die Grenzen Schwedens hinaus nach Norddeutschland.

Der Autor

Dieter E. Wilhelmy, geb. 1948, arbeitete während und nach seinem Biologie- und Pädagogikstudium als Journalist und Fernsehredakteur.
Fast zwanzig Jahre unterrichtete er an Berliner Schulen und im Erwachsenenstrafvollzug.
1991 gründete er in Flensburg eine Marketing- und Werbeagentur.
Über drei Jahrzehnte hat er einen Sommersitz in Schweden, wo auch seine Romane „Eiskalt aus der Tiefe" und „Der fünfte Patriot" entstanden.

Dieter E. Wilhelmy

Kommissar Lindström
Röpecka

Deutsch-schwedischer
Kriminalroman

Für Torsten Fransson

Zum ersten Mal während der letzten drei Jahre war die Brut geglückt. Der Wanderfalke, der in der steilen Felswand, gut geschützt von anderen Beutegreifern, nistete, war auf der Suche nach neuer Nahrung, frischer Beute, lebender Beute. Doch jetzt stieg ein Aasgeruch zu ihm hinauf, eine Witterung, die er nicht kannte, die ihn irritierte, die Gefahr bedeuten konnte. In sicherer Höhe kreiste er über der Stelle, die den fremden Geruch verströmte.

Für seine scharfen Augen war das gelbe Fahrzeug, das von der Landstraße abbog und sich über den Schotterweg durch den dichten Wald bewegte, unübersehbar, ein riesiges Tier, jedoch keines, das in sein Beuteschema passte. Es weckte seine Aufmerksamkeit, weil es sich auf die Quelle des auffälligen Geruches zubewegte. Der Falke legte die Flügel an, schoss in einem kurzen Sinkflug auf das rasch dahinrollende Ziel zu, schwenkte mit einer kurzen Flügeldrehung davon ab über das Gehöft, von dem der Totengeruch ausging. Dann fand ein Nager am Straßenrand seine Aufmerksamkeit und, nach kurzem Innehalten und Fixieren, beschleunigte er, überholte das rollende gelbe Objekt und pflückte mit elegantem Schwung die Wühlmaus vom Wegesrand ab.

»Hast du das gesehen? Was war das?«

Das Mädchen neben der Frau in der blau-gelben Postjacke sah kaum von seinem Handy auf.

»War da was?«, nuschelte sie.

»Ein großer Vogel und er schlug irgendwas am Straßenrand.«

»Aha.«

Die Praktikantin konzentrierte sich auf die letzten Worte ihrer SMS und drückte dann auf SENDEN.

»So. Jetzt!« Sie schaute auf. »Was war da?«

»Ach, nichts!« Die Postbotin versuchte den Wagen in der Spur des Waldweges zu halten. »Hier, das ist für ihn!«, sagte sie nach einer Pause mit deutlichem Unwillen, griff hinter sich in die Kiste mit den Päckchen.

»Jeden Monat muss ich ihm diesen Schund bringen, ekelhaft.«

»Ja?« Die Sechzehnjährige wandte sich wieder ihrem Handy zu. »Mann, ist der lahm!«

»Wer?«

»Na, mein Typ! Der braucht Minuten für eine SMS«, stöhnte sie.

Die Postbotin schüttelte verständnislos den Kopf.

»Schweinkram!«, stieß sie hervor und warf dem Mädchen den Umschlag auf den Schoß.

Das Mädchen zuckte mit den Schultern und sah einen Moment vorwurfsvoll auf die Frau mit den strengen, freudlosen Gesichtszügen und der Kurzhaarfrisur.

»Ja, ich weiß. Eigentlich sollte ich nicht wissen, was in seiner Post ist. Aber irgendwann war der Umschlag eingerissen und dann sah ich diese Hefte, widerlich!«

Die Postfrau schüttelte sich. Das Gesicht des Mädchens überzog ein Grinsen. Sie verdrehte die Augen und wandte sich ihrem Gerät zu.

Der gelbe Wagen hatte das Gehöft erreicht und hielt inmitten des mit Schotter bedeckten Vorplatzes.

Aus dem Brennnesselgebüsch lugte die verrostete Front eines 50er Jahre Dodge. Die ehemals rote Hausfassade war zu schmutzigem Braun verwittert. An mehreren Stellen trat vergrautes Holz hervor. Die Betonstufen, die zum Eingang führten, waren bröckelig und ausgetreten. Die Haustür stand offen.

Die Postbotin wandte sich dem Mädchen zu. »Gib mir den Umschlag. Ich gehe hin. Der muss dich nicht sehen, sonst kommt der noch auf dumme Gedanken.«

Die Praktikantin gab ihr mit abschätzigem Augenaufschlag das Päckchen. Die Frau öffnete die Wagentür, trat forsch auf den Kies und schritt auf die dunkle Hausöffnung zu.

»Die Post!«, rief sie harsch in den dämmrigen Flur. »Post!« Keine Antwort.

Sie warf das Päckchen auf die Treppenstufe und wandte sich dem Auto zu. Ihr Blick fiel auf die geöffnete Scheune. Sie stockte, ging dann einige Schritte darauf zu, hielt wieder inne, machte noch einen Schritt. Mit einem spitzen Schrei wandte sie sich um.

Das Mädchen sah zu ihr hin, fragend zuerst, öffnete dann die Wagentür und stieg aus.

»Nein! Nein!«, schrie die Postfrau. »Sieh nicht hin! Sieh nicht hin!« Sie torkelte an dem Wagen vorbei und übergab sich auf den Schotter.

Das Mädchen zog die Augenbrauen zusammen, ging zögernd auf die geöffnete Scheune zu, reckte den Kopf vor, wandte sich ruckartig um und tippte eine dreistellige Nummer in sein Telefon.

Sven Lindström erwachte schweißgebadet in seinem Sessel. Die Zeitung war ihm aus den Händen geglitten und lag zu seinen Füßen auf dem Flickenteppich, der den Dielenboden seines Wohnraumes bedeckte.

Er war eingenickt, mitten am Tage. Nach seiner Pensionierung überfiel ihn häufiger diese plötzliche Müdigkeit.

Ein Traum hatte ihn gequält. Ein Traum, der immer wiederkehrte. Er sah Anna Lindén auf den Balken gefesselt, wie sie ihn flehend anschaute. Bevor er sie losbinden konnte, war er aufgewacht. Er wachte immer an der gleichen Stelle des Alptraumes auf. Nie schaffte er es, sie von ihren Fesseln zu befreien.

Er war aufgeschreckt, weil das Telefon schrillte. Das Geräusch hatte er noch im Traum wahrgenommen. Er mühte sich aus dem Sessel und wankte zu dem Apparat.

»Ja?« Nach einer Sekunde. »Auch du bist es? Ich habe gerade meine Mittagsstunde gehalten, angemessen für einen Pensionär.«

Er ließ sich auf den weißen Stuhl neben dem Telefontischchen sinken und stützte den Arm auf, während er den Hörer ans Ohr hielt.

Aus dem Telefonhörer quoll ein nicht enden wollender Schwall von Worten. Zwischendurch nickte Lindström oder zog die Augenbrauen hoch. Dann bildete sich ein Paar tiefer Falten auf seiner Stirn.

»Ich denke, ich kann in einer halben Stunde bei euch sein. Ich muss mir nur was anziehen.«

Sven Lindströms Körper hatte jede Schwere verloren. Er stieg die Treppe hinauf in sein Schlafzimmer, zog Hemd und Hose über. Die Treppe knarrte, als er nach unten ging. Doch auf halber Höhe der steilen Stiege verharrte er. »Was mache ich da eigentlich?«, dachte er. »Was mache ich da eigentlich!«, sagte er jetzt laut, verärgert über sich selbst und darüber, dass er auf den Anruf Malte Stormquists reflexartig reagiert hatte.

Er ließ sich in den noch warmen Sessel fallen und starrte in das Dämmerungsblau vor seinem Fenster. Vereinzelt glitten gelbbraun gefärbte Birken- und Espenblätter vorbei.

Vor drei Jahren Jahr hatte sich Lindström vorzeitig pensionieren lassen, mit 63. Er hatte sich ausgebrannt gefühlt, leer und von einer vorher nie gekannten Müdigkeit überwältigt. Fast vierzig Jahre Polizeidienst hatten Spuren hinterlassen, auch Wunden. Die Wunden würden vielleicht heilen, die Spuren konnte er nicht verwischen. Sie hatten sich eingebrannt, nicht nur ins Gedächtnis, sondern hatten ihn geprägt, unauslöschlich.

Wenn er die Augen schloss, sah er das Zimmer vor sich, die herausgerissenen Bodendielen, die groben Kiefernbalken, den Felsen darunter, auf dem das Haus ruhte. Und er sah die Frau, die mit Kabeln auf den Balken gefesselt war.

Er schreckte auf, wischte sich über das Gesicht, erhob sich schwer aus dem Sessel mit den abgegriffenen Armlehnen, schlurfte über den Berg von Zeitungsblättern, die sich davor angesammelt hatten, ging zur Garderobe, zog sich seinen Parka an und nahm den Autoschlüssel vom Haken.

Er verließ das Haus, das auf einer kleinen Lichtung mitten im Wald lag, und schloss sorgfältig die Tür ab. Es roch nach Herbst, nach Verfall und Verwesung.

*

Start und Ziel seiner kurzen Fahrt lagen im gleichen Waldgebiet, nur eine schwedische Meile von dem Ort Fröskog entfernt, über den die Zeitungen in den letzten Tagen mit schauerlichen Details berichtet hatten.

Lindström zwang sich zur Ruhe. Niemand hatte ihn verpflichtet und er fühlte sich niemandem verpflichtet.

Malte Stormquist hatte am Telefon seltsam erregt geklungen, fast unprofessionell. Sie hatten Jahrzehnte zusammengearbeitet und Sven Lindström glaubte Malte in jeder Situation erlebt zu haben.

Die ersten Jahre in Stockholm verband sie ein Lehrer-Schülerverhältnis. Stormquist war neu in Lindströms Dezernat, mit jungenhaftem Elan, aber irgendwie auch ein bisschen brav und bieder. Er hatte zwei reizende Töchter und eine sehr bestimmt auftretende Frau. Seine Flapsigkeit empfand Lindström erfrischend. Er selbst fühlte sich schon mit Mitte vierzig vergleichsweise behäbig, was ihn nicht hinderte, Ermittlungen anzugehen, die, vorsichtig ausgedrückt, nicht dem Handbuch folgten. Das hatte ihm einigen Ärger und zwölf Jahre Dienst in einer gottverlassenen Gegend Lapplands an der finnischen Grenze eingebracht.

»Merkwürdig«, dachte Lindström und bog von der Landstraße auf den geschotterten Waldweg ab. Er kannte das Gehöft Rohagen am Ende des Weges von der Karte, war nie dort gewesen. Warum auch. Eine Dorfgemeinschaft, wie er es von seiner kleinen Geburtsstadt kannte, hatte sich hier zwischen den im Wald verstreut ansässigen Bewohnern nie entwickelt. Einzig die Jagd führte die Männer im Oktober jeden Jahres zusammen. Doch nach drei oder fünf Tagen Ansitz, Treiben, Schießen, Schlachten und Verteilen der Beute gingen sie nach einem kurzen Schnack am Lagerfeuer und einem kräftigen Schluck wieder auseinander, bis zum nächsten Herbst.

Lindströms Wagen setzte nach einem Schlagloch kurz auf. Das Geräusch bedeutete nichts Gutes für den tiefhängenden Auspuff seines alten Volvo.

*

Zwischen den Kollegen der Spurensicherung entdeckte er Malte Stormquist im Gespräch mit einer Frau, die offensichtlich zum Team gehörte. Er öffnete die Seitenscheibe und rief hinüber.

»Ihr habt genug Leute hier rumlaufen. Wozu braucht ihr mich?«

Stormquist wandte sich um und lachte kurz auf. »Zwanzig Augen sehen mehr als achtzehn.«

Er kam mit wenigen Schritten zu Lindströms Wagen.

»Du musst dir das ansehen, auch wenn es unschön ist.«

Lindström stellte den Motor ab und stieg aus.

»Ein bisschen runter, der Hof hier.«

»Der Besitzer wird damit keine Sorgen mehr haben.«

Lindström kannte Stormquists Art, in den unpassendsten Momenten sarkastisch zu werden.

*

Die Dämmerung war inzwischen in die Schwärze der Nacht übergegangen. Aus dem weit geöffneten Scheunentor strahlte das grelle Licht einer großen Stalllaterne, die von der hohen Decke abhing. Was sie aus dem Dunkel der Halle heraus beleuchtete, ließ Lindströms Atem stocken. Er musste sich zwingen weiterzugehen.

»Übrigens«, lenkte ihn Stormquist ab, »das hier ist Anja Thörnlund.«

Er kam vor der jungen Kriminalistin zu stehen. Sie schaute kurz auf. Lindström sah, dass ihre Lippen bleich waren und sie den Blick in die Scheune vermied.

»Sie ist seit drei Monaten bei uns. Kommt frisch von

der Akademie«, ergänzte Stormquist und zwinkerte Lindström vielsagend zu.

»Schön, dich zu sehen.« Lindström ahnte, was in der jungen Frau vorging. »Wohl weniger schön, was du hier gesehen hast.« Er versuchte die Situation ein wenig zu entspannen, was ihm nicht gelang.

Lindström ging mit Stormquist langsam auf das offene Tor der Scheune zu. Er schätzte das Alter des Toten auf Mitte fünfzig. Die blutleere Leiche lag rücklings auf einem Strohballen, der auf der Seite, wo die nackten Unterschenkel über den Rand hinabhingen, vom eingetrockneten Blut schwarzbraun durchtränkt war. Die Arme waren seitlich ausgestreckt, der Kopf hing über den hinteren Rand des Strohballens hinab. Jemand hatte ein Tuch flüchtig über die Stelle zwischen Rumpf und Oberschenkel geworfen, wo einst die Geschlechtsteile saßen.

Im Strahl der Stalllampe wirkte der Körper wie auf einem Altar aufgebahrt, die Installation eines perversen Künstlers. Der Oberkörper war mit einem karierten Hemd bekleidet, die Hose lag einen guten Meter entfernt auf dem staubigen Scheunenboden. An ihr war kein Blut zu erkennen. Die Markierungsschilder der Kriminaltechnik nahmen dem Arrangement seine morbide Ästhetik.

Der Rechtsmediziner beugte sich über den Torso, hob die Augenlider an, beugte den Arm leicht und lies ihn wieder hinabgleiten. Die Totenstarre war noch nicht vollständig gelöst.

»Etwa vor 15 Stunden, plus minus sechs, als erste Einschätzung.«

»Also irgendwann in der zweiten Nachthälfte. Geht das nicht genauer?« Lindström sah den Arzt zweifelnd an.

»Das fragt ihr immer. Siehst du hier die Leichenflecken? Sie sind äußerst blass.« Er drückte mit dem Finger auf eine der leichten Verfärbungen. »Wenn er vor wenigen Stunden gestorben wäre, würden die bei Druck verblassen. Wie sollen die verblassen, wenn sie schon blass sind. Und sie sind blass, weil das Blut fast völlig aus dem Körper gepumpt wurde. Und es wurde aus dem Körper gepumpt, weil allem Anschein nach der Mann noch lebte, als er kastriert wurde. Ich kann dir auch noch zeigen, wie ich die Rektaltemperatur gemessen habe, und die ist abhängig von …«

Lindström winkte ab.

»Ja, ich weiß, jeder Fall ist anders und vor einer Obduktion wollt ihr euch nicht festlegen.«

»Ganz richtig«, grinste jetzt der Mediziner. »Aber ich kann euch was über die Todesursache voraussagen. Ohne Gewähr, versteht sich.«

»Na?«

»Hier, das Hämatom am Hinterkopf durch einen Schlag mit einem stumpfen Gegenstand.«

Lindströms Blick schweifte durch das Halbdunkel der Scheune. »Hier liegt genug herum, vielleicht das hier.«

Er zeigte auf einen Vorschlaghammer.

»Dies oder ein anderes. Das werden euch die Kollegen

von der Spusi sagen. Der Schlag war nicht tödlich. Der Tod trat durch den dramatischen Blutverlust beim Entfernen der Genitalien ein.«

Erst jetzt schaute der Rechtsmediziner von der Leiche zu Lindström auf. »Ach, du bist es. Ich verstehe. Das hier treibt sogar einen Pensionär vom Sofa hoch.«

Lindström überhörte die Bösartigkeit der Bemerkung.

Er und Stormquist hatten sich von der Leiche und dem Mediziner wegbewegt.

»Das ist wie in Fröskog«, stellte Malte Stormquist fest.

»Wie in Fröskog vor zwei Wochen. Ich habe es in der Zeitung gelesen. Wer hat den Mann hier gefunden?«, fragte Lindström.

»Die Postbotin.« Anja Thörnlund stand jetzt neben den beiden Kommissaren.

Sven Lindström sah sie fragend an.

»Die Briefkästen sind doch unten an der Straße. Wie konnte sie ihn da gefunden haben?«

»Sie hatte ein Paket für ihn. Deshalb fuhr sie her, zusammen mit einer Praktikantin.«

»Wo sind die beiden jetzt?«

»Die Postbotin hat einen Schock und liegt noch im Krankenhaus.«

»Kein Wunder bei dem Anblick«, sagte Malte Stormquist trocken.

»Das Mädchen ist bei sich zuhause. Sie wird von einer örtlichen Polizistin vernommen.«

Stormquist zog Lindström ein paar Meter von der

Scheune weg in Richtung des Wohnhauses.

»Das hier und die Sache in Fröskog. Was glaubst du? Ein Nachahmer oder ...«

»... ein Serientäter, wolltest du sagen? Du wirst mehr als die üblichen Anstrengungen brauchen, um das herauszubekommen.«

Malte sah Sven mit einem Blick an, den der pensionierte Kommissar nach zwanzig Jahren gemeinsamer Arbeit nur zu gut kannte.

»Wenn es nicht so nahe vor meiner neuen Haustür wäre, würde ich Nein sagen«, grummelte Lindström.

»Das heißt also Ja.«

»Du würdest ja doch keine Ruhe geben und alle paar Minuten mit einem Polizeiauto vor meiner Hütte stehen. Was würden die Nachbarn dazu sagen?« Lindström rang sich ein Lächeln ab.

»Welche Nachbarn? Deine Bären, Luchse und Wölfe?«, grinste Malte Stormquist.

»Auch die mögen keine Bullen«, sagte Lindström grimmig.

Sie hatten das Wohnhaus des Opfers erreicht. Die Tür stand offen. Das Innere lag im Dunkeln.

»Warst du schon drin?«, wollte Lindström wissen.

»Nein, ich bin auch erst eine knappe halbe Stunde hier. Die Spurensicherung ist schon durch. Wir dürfen.«

»Was liegt da auf der Schwelle?«

In diesem Moment überholte sie Anja Thörnlund und fischte den Umschlag von der Treppenstufe.

»Das besagte Päckchen.« Sie blickte auf die Adresse.

»Kein Absender.«

»Sieht nach Zeitschriften aus.«

Stormquist drängte. »Lass uns reingehen. Wir prüfen das später.«

Zu dritt betraten sie das Haus. Der Geruch von abgestandenem Essen drang aus dem Inneren. Stormquist tastete nach dem Lichtschalter. Eine matte 40-Watt-Birne in einer Kugellampe flackerte auf und verstärkte die trübe Ausstrahlung des schmucklosen Flures. An der Wand ein schäbiges Bild des Opfers.

»Eine blasse Figur«, entfuhr es Thörnlund.

»Jetzt noch blasser«, ergänzte Malte Stormquist mehrdeutig.

Thörnlund warf ihm einen strafenden Blick zu. Lindström sah zu den beiden hin und musste grinsen. Sie erreichten das Schlafzimmer mit einem ungemachten Bett.

»Es muffelt.« Malte wies auf das Laken, auf dem ein Pornoheft lag. »Jetzt weiß ich auch, was in dem Päckchen ist, Nachschub.«

»Er muss sehr einsam gewesen sein«, meinte Anja mitfühlend.

»Ja, sehr einsam, bis der Täter kam.«

Sven Lindström mischte sich ein. »Das wissen wir nicht. Es wäre interessant zu erfahren, ob er häufiger Besuch hatte.«

»Richtig«, fuhr Stormquist fort. »Vielleicht schauten die sich das ja gemeinsam an und ...«

Er stockte, mit einem Blick auf Anja Thörnlund.

20

»Du meinst, er war schwul«, sagte sie ungezwungen.

»Das Labor wird dazu sicher einiges sagen können«, meinte Lindström. »Hier ist noch etwas ...«

Lindström nahm ein Buch vom Nachttisch. Es war in dickes Leder gebunden mit goldenem Prägedruck. Interessiert schlug er es auf, blätterte darin und tippte dann auf eine Textstelle. Stormquist und Thörnlund sahen ihn fragend an.

»Es ist eine Dorfchronik, besser eine Gebietschronik. Jedes Haus scheint hier verzeichnet zu sein mit Erbauern und Bewohnern, das Opfer und sein Besitz auch.«

Stormquist nahm ihm den Band aus der Hand und vertiefte sich in den Text. »Er war unverheiratet, keine Kinder. Alter Landadel, zumindest war die Familie seit dem 18. Jahrhundert hier. So kann es gehen, jetzt ist sie ausgestorben.«

Thörnlund griff nach dem Buch und blätterte an den Anfang zurück. »Ein Anders Leifsson hat sich die Arbeit gemacht. Den sollten wir mal aufsuchen. Vielleicht gibt es irgendeinen Hinweis auf einen in der Gegend, der einen Anlass hat, sich mit den Opfern so intensiv zu beschäftigen.«

»Ein sehr guter Tipp«, konnte Malte Stormquist sich nicht verkneifen ironisch zu kommentieren.

Sie verließen das Haus und traten auf den nur vom Licht der Scheune und den Scheinwerfern der Spurensicherung beleuchteten Vorplatz.

»Was würde dein Polizeichef dazu sagen, wenn ich hier mitmischte?«, fragte Lindström.

»Er hat zugestimmt.«

Lindström blieb ruckartig stehen.

»Wie soll ich das verstehen? Du hast doch hoffentlich zuerst mit mir gesprochen und ihn dann gefragt?«

Malte Stormquist druckste. »Ich wollte dich nicht hierher holen ohne sicher zu sein, dass das von oben abgesegnet wird.«

»Du bist ein bösartiges Schlitzohr. Ich sollte jetzt noch Nein sagen.«

»Tu es nicht. Du würdest in deiner Hütte doch keine Ruhe finden. Jede Nacht würdest du dich im Bett wälzen und dir Vorwürfe machen, dass du uns hier ratlos zurücklässt.« Stormquist grinste.

»Wie viele Jahre stehen auf Nötigung?«, zischte Lindström.

»Nötigung zu einer guten Tat? Zumindest gäbe es mildernde Umstände.«

»Du hast dich nicht verändert.«

Sven Lindström stieß Malte Stormquist freundschaftlich in die Seite.

»Wir sehen uns morgen in Åmål. Wir haben dort nach dem Fröskogfall unsere Zelte aufgeschlagen. Ich lasse dich abholen«, sagte Stormquist und sah noch einmal zu der Halle mit der aufgebahrten Leiche hin.

*

Sven Lindström trat auf die kleine Veranda seines roten Holzhauses und atmete die faulige Herbstluft ein. Die Gartenmöbel waren im Schuppen verstaut. Sommerblumen hingen vertrocknet und warteten darauf, dass der erste Schnee sie platt auf die Erde presste. An den Birken und Espen pendelten die letzten vergilbten Blätter kraftlos im leichten Wind.

Vor vier Wochen noch hätte er abgelehnt. Jetzt passte der Fall zur allgemeinen Stimmung. Auflösung, Verfall, Tod, Verwesung.

Er dachte an Anna, von der er schmerzhaft geträumt hatte. Wie hätte sich ihr Verhältnis entwickelt, würde sie noch leben? Hatten sie überhaupt ein Verhältnis, oder hatte er sich ihre Zuneigung herbeigeträumt?

Lindström erschrak, als er sich eingestehen musste, dass Annas Bild in seinem Gedächtnis zu verblassen begann. Er wehrte sich dagegen, aber er nahm ihre Gesichtszüge nur noch verschwommen wahr. Ihr Geruch schien noch in der Luft zu schweben. Er versuchte verzweifelt, den Anblick ihres Gesichtes vor sein geistiges Auge zu zwingen.

*

Aus der Tiefe des Waldes drang das Geräusch eines Motors. Der Polizeiwagen schob sich durch den mittelalten Tannenwald auf das Grundstück zu. Eine Frau saß am Steuer. Als sie die Tür öffnete, erkannte Lindström sie wieder. Es war Stormquists Assistentin Anja Thörnlund.

»Hej«, rief sie unbekümmert. »Bist du fertig?«

Lindström nahm seinen kleinen Rucksack, schloss die Tür ab und ging auf den blau-weiß-gelben Wagen zu.

»Du hast mich also gefunden. Nicht ganz einfach.«

»War nicht so schwer. Dein Haus war auf Google-Maps gut zu erkennen.«

»Google-Maps? Eine Landkarte könnt ihr jungen Leute aber auch noch lesen!«

»Oh, ja. Ich bin immer bei den Orientierungsläufen dabei. Das geht ganz ohne Smartphone und GPS.«

Lindström ließ sich in den Beifahrersitz fallen.

Thörnlund wendete auf der kleinen Freifläche und rollte den Waldweg zurück.

»Ganz schön einsam hier in der Wildnis.«

»Richtig gesagt. Schön einsam.«

»Hast du immer so gelebt?«

»Nein, ich habe die Hälfte meines Lebens in Stockholm gearbeitet, aber dann zwölf Jahre in Haparanda, am Ende der Welt.«

»Malte hat mir davon erzählt.«

»Ah, ja, auch, wie es dazu kam?«

Sie zögerte einen Moment.

»Ja, hat er. Tut mir leid für dich.«

»Irrtum!«, widersprach Sven Lindström. »Es war die Befreiung. Es hat mir die Augen geöffnet für Werte, die du in der Stadt nicht findest.«

Anja Thörnlund sah ihn zweifelnd an.

Während sie von Lindströms Waldweg auf die Landstraße bogen, fragte er: »Was denkst du über den Fall?«

»Meinst du, es ist *ein* Fall?«

Lindström sah eine Weile auf das schnurgerade Band der Straße.

»Man ist versucht zu denken, dass beide Morde vom gleichen Täter verübt wurden. Aber die Erfahrung sagt: Vorsicht! Zu leicht engt man sich in seinem Denken ein. Hätten wir ein Motiv, wäre es leichter. Noch sehe ich das nicht.«

»Nur die Verletzungen waren gleich und nach allem, was ich gelernt habe, ungewöhnlich, um es vorsichtig auszudrücken. Ein Mann schneidet dem anderen nicht seine Teile ab.«

»Glaubst du, es war eine Frau?«, forschte Sven Lindström.

»Den Kerl da auf den Heublock zu legen, das kostet Kraft. Vielleicht reicht dazu nicht mal ein Einzelner aus.«

»Vorurteil! Es gibt Frauen, die betreiben Kraft- und Kampfsport. Ich kenne solche und du auch. Die schaffen das. Passt doch auch zur Tat, den Mann zu kastrieren.«

»Ja, ja«, stöhnte Anja Thörnlund. »Enttäuschte Geliebte rächt sich durch das Naheliegende. So denkt ihr Männer doch!«

»Das Naheliegende ist nur manchmal das Wahre. Da hast du recht.«

Der Rest der Fahrt in das nur zwanzig Kilometer entfernten Åmål verlief in Schweigen, das nur ab und zu von den Durchsagen im Polizeifunk unterbrochen wurde.

Stormquists Einheit hatte sich in einer leerstehenden Industriehalle der Provinzstadt eingerichtet. Möbel konnten sie von den Vormietern übernehmen. Die Technik war aus dem 100 km entfernten Kommissariat in Trollhättan geliefert worden. Ein einziges Möbelstück von dort war dabei.

»Ich hatte damals nicht so einen teuren Sessel hinter meinem Schreibtisch«, sagte Lindström und strich über die elegante Kopfstütze.

»Du kannst ihn haben. Er sieht schick aus und bricht dir das Kreuz«, höhnte Stormquist. »Deshalb sitze ich immer auf der Schreibtischkante. Das macht außerdem Eindruck auf die jungen Kollegen.«

»Du meinst die junge Kollegin.« Lindström nickte in Richtung Thörnlund.

Malte Stormquist wollte etwas erwidern, verzichtete aber schließlich darauf.

Lindström sah sich um. Sein Blick fiel auf die Pinnwand mit Fotos, Skizzen und Notizen zu dem Fröskog-Fall. »Jetzt bin ich gespannt. Wirst du eine neue Wand aufmachen oder diese hier fortsetzen?«

»Aufgrund des Platzmangels werden wir mit der weitermachen.«

»Nur wegen Platzmangels? Du glaubst also auch an eine Serientat.«

»Eine Serie beginnt mit dem dritten Opfer. Das hast du mir beigebracht.«

»Keine erfreulichen Aussichten. Du wirst also nicht nur aufklären, sondern auch verhindern müssen.«

»Wir, Lindström, wir! Du hast ‚Ja‘ gesagt, nicht wahr?»

»Ich bin nur Gast, Berater, Tippgeber. Nenne es wie du willst. Du bist der Boss. Ich sage das sehr gerne, denn der Boss hat die Verantwortung.«

»Wohin das führen kann, hast du in der Vergangenheit ja erlebt.«

»Würdet ihr mich mal aufklären, worüber ihr redet«, unterbrach Anja Thörnlund zornig.

Malte Stormquist machte eine wegwerfende Handbewegung.

»Alte Geschichten. Vielleicht erzählt dir Sven das mal beim Tee.«

»Da müsste ich schon einen im Tee haben, um damit anzufangen«, brummte Lindström.

Anja Thörnlund schüttelte den Kopf und sah auf die Ansammlung von Informationen auf dem Tableau. Lindström folgte dem Blick der jungen Mitarbeiterin.

»Hat die Befragung der Postbotin und des Mädchens etwas ergeben?«

Anja Thörnlund sah auf ihren Notizblock.

»Nein, nur dass sie ihm jeden Monat widerwillig Pornohefte lieferte.«

Malte Stormquist mischte sich ein. »Woher weiß die das? Liest sie seine Post?«

»Das hat sie mir nicht verraten. Gesehen haben die beiden übrigens niemanden.«

Lindström stand vor der Tafel. Sein Blick schweifte über die Bilder, Ausrisse und Klebezettel.

»Ich frage mich: Welchen Zusammenhang gibt es zwischen diesem Mord und dem in Fröskog?«

Stormquist hatte sich neben ihn gestellt. »Es gibt einen ähnlichen Tatverlauf.«

Lindström tippte auf die Karte mit den Tatorten. »Nun, gut, aber außer, dass sie nur zehn Kilometer voneinander entfernt lebten, seht ihr eine logische Verbindung zwischen den Opfern?«

»Zwischen den beiden nicht, aber vielleicht aus der Sicht des Täters«, meinte Thörnlund.

Lindström fragte Malte Stormquist mit einem Seitenblick auf Anja. »Bist du sicher, dass es ein Mann war? Es gibt keine Spuren, die das eindeutig belegen.«

Malte Stormquist überlegte. »Dann müsste es eine sein, die von beiden Männern misshandelt wurde, oder hintergangen, oder ...«

»Habt ihr da was in den Akten?«

»Nein, aktenkundig ist nichts, aber was heißt das schon.«

Anja Thörnlund sah eine Weile nachdenklich aus dem Fenster und wandte sich dann um.

«Es ging um eine Frau ...«

Stormquist ging erregt einen Schritt auf sie zu.

«Ja, worüber reden wir denn die ganze Zeit!«, fuhr sie Stormquist ärgerlich an.

»Reg dich ab, Malte. Die waren hinter der gleichen Frau her, alle drei, und unser Mörder ging leer aus.«

Lindström machte eine abwehrende Handbewegung.

»Kein ausreichendes Motiv, um die beiden umzubringen.«

Thörnlunds Hals war rot angelaufen. »Das sagst du, wo du aus der Stadt kommst. Da könntest du dir am nächsten Tag eine Neue auftun.«

Malte Stormquist stellte sich demonstrativ zwischen die beiden und sah Anja Thörnlund scharf an.

»Halt, halt, Anja. Da hast du jetzt bei Sven den falschen Knopf gedrückt. Nimm das zurück!«

Thörnlund zuckte zusammen.

»Scheiße, konnte ich ja nicht wissen. Verzeih mir, Sven, ich, ich ...«

Lindström beschwichtigte.

»Ach, Unsinn, vergiss es! Möglicherweise hast du ja recht. Du kannst gerne nochmal die Wohnungen durchsuchen, nach Briefen, Kontoauszügen von Geschenken, so in der Art. Ich kann mir allerdings nicht vorstellen, dass es als Tatmotiv ausreicht. Der Grund muss tiefer liegen. Etwas Schreckliches muss geschehen sein, dass ein Mann oder eine Frau eine solche Serie startet.«

»Serie hast jetzt du gesagt«. Malte Stormquist sah Lindström fragend an.

*

Es war bereits dunkel, als Anja Thörnlund und Sven Lindström über den Parkplatz der Polizeiwache zum Wagen gingen.

»Das tut mir leid, vorhin ...«, begann Anja Thörnlund vorsichtig.

»Du konntest ja nicht wissen, dass ...«

*

Sie hatten den Volvo erreicht. Die junge Beamtin lenkte das Fahrzeug auf die Straße 164 Richtung Westen. Ihre Gesichter waren nur schwach von der Armaturenbeleuchtung erhellt. Mit konstant 80 rollte der Wagen durch die Waldlandschaft. Licht drang nur aus vereinzelt stehenden Häusern.

»Was kann ich nicht wissen?« Anja Thörnlund sah nicht zu Lindström hin.

»Wir hatten vor Jahren eine Kollegin verloren.«

»Anna Lindén?«

»Ja, Anna. Hat dir das Malte erzählt? Ja, natürlich, wer sonst.«

»Er sagte, sie wäre für dich nicht nur eine Kollegin gewesen.«

»Er kann den Mund nicht halten.«

»Willst du darüber sprechen?«

Das matte Licht der Instrumente überzog Anjas Gesicht mit einem weichen Schimmer.

Sven Lindström schwieg lange Minuten.

»Wir hatten den Täter gestellt, aber seine Drohung nicht ernst genommen. Er hatte Anna gekidnappt und in einem Haus gefesselt zurückgelassen.«

»Es ist jetzt dein Haus, richtig?«

»Ja.«

»Wie kannst du in diesem Haus leben, an dem solche Erinnerungen haften?«

»Das Haus gehörte Deutschen. Sie waren in den Fall verwickelt. Wir mussten es leerräumen, bis auf die Balken.«

»Malte hat davon erzählt. Es war verwanzt.«

»... und vermint. Zwei Jahre stand es danach zum Verkauf. Keiner wollte es haben.«

»Dann hast du es gekauft?«

»Dann habe ich es gekauft. Vielleicht auch, um von der Geschichte loszukommen.«

»Und bist du?«

»Was?«

»Von der Geschichte losgekommen?«

Sven Lindström schwieg lange.

»Anna ist tot. Sie war nicht mehr losgekommen von der Geschichte ... sie hat sich das Leben genommen.«

»Und du fühlst dich schuldig?«

Lindström überlegte eine Weile.

»Schuldig nicht, aber verantwortlich.«

»Wieso das?« Anja sah ihn jetzt mit großen Augen an.

»Der Täter hatte mich gewarnt. Das Ganze war zum Schluss eine Sache zwischen ihm und mir.«

*

Inzwischen hatten sie den Waldweg zu Lindströms Grundstück erreicht. Langsam fuhr Anja Thörnlund zum Haus hinauf, brachte den Wagen zum Stillstand und stellte den Motor ab.

»Du gibst diesem Mann die Schuld an ihrem Tod. Empfindest du Hass gegen ihn?«

Lindström zögerte.

»Ja, ich hasse ihn. Jede Nacht könnte ich ihn ... Jede Nacht denke ich: Ein zerstörtes Leben gegen das seine.«

»Aber?«

»Wenn ich vor ihm stünde, könnte ich den Schalter nicht umlegen.«

»Aber unser Täter kann den Schalter umlegen.«

»Ja, er legt den Schalter um. Das ist der Unterschied zwischen uns, ein verdammt kleiner Unterschied.«

»Aber der entscheidende, Sven.«

Lindström machte Anstalten auszusteigen. Anja Thörnlund sah zu ihm auf. »Hast du Angst vor dem Alleinsein?«

Für Sven Lindström kam die Frage unvermittelt. Er überlegte einen Moment. »Nein, manchmal ist ein ehrliches Alleinsein besser als eine Lüge im Bett.«

Anja Thörnlund stutzte und wirkte verwirrt. Dann lachte sie befreit und startete den Wagen. Sie sah Lindström noch nach, wie er im Licht der Autoscheinwerfer auf das dunkle Haus zuging. Sie fröstelte.

Lindström stolperte im Dunkeln über die Zeitung, die vor seiner Tür lag. Irritiert öffnete er die Haustür und machte das Licht an.

Er bekam keine Zeitung ins Haus geliefert. Niemand hier bekam eine Zeitung ins Haus geliefert. Die Briefkästen mussten an der Landstraße aufgestellt werden. Nur, wenn es sich nicht vermeiden lies, fuhr die Post bis

32

zu den im Wald verstreuten Häusern. Außerdem hatte er vor einem Jahr das Abonnement der Zeitung gekündigt, nachdem ihm bewusst geworden war, dass er sich schon nicht mehr daran erinnern konnte, was im letzten Jahr die Gemüter des schwedischen Volkes erregt hatte. Warum sollte er sich also jetzt Tag für Tag über die Blähungen der Politik, das Aufblühen und Verblassen des Königshauses oder die wachsende Zahl ungelöster Kriminalfälle ereifern. All dies würde nach einem Jahr ebenfalls dem Erinnerungsverlust zum Opfer fallen.

Und jetzt hatte ihm der Briefträger eine Zeitung ins Haus gebracht.

Im Flur sah er, dass ein Zettel auf der zusammengerollten Gazette klebte.

»Viele Grüße von deinem Postboten. Für Prominente ist uns kein Weg zu weit.«

Er rollte das Papier auseinander.

»Verdammte Scheiße!«, entfuhr es ihm.

SERIENMORD IN ROHAGEN
KOMMISSAR LINDSTRÖM KEHRT ZURÜCK

Unter der Schlagzeile folgte ein uraltes Bild von ihm, noch aus Stockholmer Zeiten.

Mit zitternden Händen überflog er den Artikel. Irgendjemand aus Polizeikreisen musste die Presse informiert haben. Lindström war entsetzt. Er hatte noch seine Jacke an, als er den Telefonhörer hochnahm und wählte.

Als es am anderen Ende der Leitung klickte, schrie er los. »Welcher Idiot von uns hat die Presse informiert? Das darf doch nicht wahr sein!«

Malte Stormquist am anderen Ende der Leitung verschlug es die Sprache. »Ich weiß von nichts. In welcher Zeitung steht was?«

»Dalslands Provinstidning. Wer war das?«

Lindströms Stimme überschlug sich. »Ich bin raus aus der Sache! Ich werde hier zur Zielscheibe für Presse und Schlimmeres.«

»Ich schwöre dir«, versuchte Malte ihn zu beruhigen. »Ich weiß von nichts. Werden denn Einzelheiten genannt?«

»Es liest sich so, als wäre vorgestern bei unseren Ermittlungen in Rohagen jemand dabei gewesen. Es ist zugegeben ziemlich oberflächlich. Aber trotzdem. Wo ist das Leck in unserer Leitung? Wenn ich bis morgen Mittag darauf keine Antwort habe, bin ich unwiderruflich raus aus der Sache. Das könnt ihr dann übermorgen an die Presse geben.«

Er knallte den Hörer auf den Apparat.

Kaum hatte er sich umgewandt, klingelte das Telefon. »Ja!« polterte er.

»Hör zu, Sven! Du glaubst doch nicht wirklich, jemand aus dem Team hätte Informationen rausgegeben. Für meine Leute lege ich die Hand ins Feuer. Vielleicht hat die Postfrau gequatscht oder die Praktikantin. Lasse deine Wut nicht an uns aus.«

Lindström grummelte vor sich hin. »Ich hoffe ja, dass du recht hast. Tut mir leid. Aber mir ist meine kleine Welt hier sehr viel wert. Ich will nicht riskieren, dass hier ein Rummelplatz entsteht.«

»Das wird es nicht Sven. Wir werden dich da versuchen rauszuhalten. Ich rede mit der Pressestelle. Trink erst mal einen Schnaps und schlaf über die Sache.«

Den ersten Teil der Empfehlung setzte Sven Lindström um, mit dem zweiten hatte er Schwierigkeiten. Er wollte nicht wahrhaben, dass jemand aus dem Ermittlerteam Informationen an die Presse gegeben hatte. Doch nur so konnten die geschilderten Details vom Tatort bekanntgeworden sein.

Er wälzte sich Stunden im Bett, nickte immer wieder kurz weg und wachte völlig gerädert noch vor acht Uhr auf.

*

Er hatte am Telefon Malte ein Ultimatum bis zum Mittag gesetzt. Wollte er nicht unglaubwürdig wirken, musste er es einhalten.

Er goss sich einen Pulverkaffee auf und löffelte eine Schale Joghurt, völlig gegen seine Pensionärsgewohnheit, den Morgen mit einem ausgedehnten Frühstück zu genießen. Er war verärgert, fühlte sich verletzt. Erinnerungen an seine Dienstzeit kamen hoch, nicht die besten. Warum nur hatte er sich auf dieses Abenteuer eingelassen? Er könnte jetzt auf der Veranda in der Herbstsonne sitzen und an nichts oder zumindest an etwas Angenehmes denken. Stattdessen wartete er auf den Wagen. Er hoffte ein wenig, ohne sich das einzugestehen, dass Anja ihn abholen würde. Es war angenehm mit ihr zu fahren und zu reden. Sie wirkte unverbraucht, direkt, unkompliziert und gleichzeitig intelligent.

Dann kam der Wagen und Malte Stormquist stieg aus.

»Ach du bist es!«

»Ich dachte, es wäre angemessen, dich abzuholen. Ich musste ja fürchten, dass du den Weg sperrst und keinen mehr reinlässt.«

»Mir ist danach«, sagte Lindström, fasste seinen Rucksack und ging die wenigen Schritte zu dem Wagen. Er warf den Beutel auf den Rücksitz, setzte sich und schlug heftiger als nötig die Beifahrertür zu.

Malte Stormquist setzte das Fahrzeug in Gang.

»Du bist nicht der Einzige, der verärgert ist. Ich habe gestern Abend alle, aber auch wirklich alle, die es betrifft, angerufen. Sie haben mir hoch und heilig geschworen, dass sie niemandem gegenüber Details, wie sie in dem Artikel zu finden sind, weitergegeben haben. Ich kann es nicht erklären.«

Sven Lindström schwieg während der nächsten Kilometer. Auf der 164 nach Åmål war wenig Verkehr. Malte Stormquist hatte den Polizeifunk abgestellt.

»Was ist mit der Postfrau und dem Mädchen?«, fragte Lindström.

»Nein, die nicht. Die hätten etwas über den Fund des Toten sagen können, aber nicht über das, was nur wir am Abend gesehen haben. Es muss jemand dort gewesen sein, den wir übersehen haben.«

»Die Techniker?« Sven Lindström wischte den Gedanken weg. »Du hast sie ja befragt. Wer, zur Hölle, könnte uns beobachtet haben?«

Sie setzten schweigend ihre Fahrt bis Åmål fort.

*

Mehrere Köpfe beugten sich über einen der Computer-monitore. Ein Film flimmert über die Scheibe.

»Sie kommen!«, zischte einer der Beamten.

Lindström und Stormquist betraten mit einem knappen Gruß den Raum.

Blitzschnell schaltete einer aus der Runde den Bildschirm aus. Alle drehten sich zu den beiden um.

»Guckt ihr Pornos, wenn ich nicht da bin?«, versuchte Malte Stormquist zu scherzen.

Die meisten schauten betreten auf ihre Füße, nur Anja Thörnlund hielt dem Blick ihres Vorgesetzten stand. »Könnte ich mit dir unter vier Augen sprechen?«

»Was gibt es da für Geheimnisse?«

Malte warf einen Blick auf Sven Lindström, der mit den Schultern zuckte. Anja Thörnlund zog Malte Stormquist in einen Nebenraum. Durch die Glastür sah Lindström, wie sie erregt auf ihn einredete. Er blickte verzweifelt zur Decke und schüttelte dann den Kopf. Stormquist wandte sich zum Gehen, sie aber versuchte ihn zurückzuhalten. Er machte sich los und öffnete die Tür zum Raum, in dem Lindström und der Rest des Teams ratlos herumstanden.

»Mach den Bildschirm an!«, befahl Stormquist bestimmt. Die Vierergruppe, die neben Lindström wartete, zögerte.

»Mach an!«, wiederholte Stormquist.

Einer drückte auf den Schalter. Der Monitor wurde hell. Das Standbild eines Filmes zeigte einige undeutliche Schatten vor einem dunklen Hintergrund.

»Drück auf Play!« Stormquists Stimme hob sich.

Aus dem Dunkel schälten sich verwackelt Konturen. Eine helle Öffnung erschien, davor Menschen, die sich bewegten, dann drei Figuren, die auf ein Haus zugingen.

»Scheiße!« Lindström beugte sich über den Bildschirm. »Das sind wir!«

Die anderen zuckten zusammen. Anja wagte zuerst etwas zu sagen. »Da hat uns einer aus dem dunklen Gebüsch heraus vermutlich mit einem Smartphone gefilmt und keiner hat etwas gemerkt.«

»Und jetzt steht das für alle sichtbar im Netz. Das kann doch nicht wahr sein!«

Lindström drehte sich abrupt zu Malte Stormquist um. »Diese verdammten Pressetypen! Ruf die Zeitung an! Was sind das für Revolverblätter, die so arbeiten.«

»Die Provinzzeitung ist nun wirklich kein Boulevardblatt. Ich rufe die Redakteurin an. Die kenne ich persönlich.« Malte Stormquist ging zum Telefon, hob ab, wählte eine Nummer.

Die anderen wandten sich ab und schlichen zu ihren Schreibtischen. Keiner wagte einen Blick auf Sven Lindström.

Nach wenigen Minuten kam Malte Stormquist zurück und stellte sich in die Mitte des Raumes.

»Hört mal alle her! Es ist wichtig.«

Die Mannschaft wandte sich ihm zu. Lindström stand noch in der Nähe der Tür.

»Von der Zeitung war es keiner, der uns gefilmt hat.

Sie haben wie wir das Video im Internet entdeckt und gedruckt, was sie darauf gesehen haben, mehr nicht. Es gibt kein Informationsleck in unseren Reihen.«

Die meisten atmeten erleichtert auf, nur Lindström blickte weiterhin düster.

»Beruhigend ist das nicht«, fuhr Stormquist fort. »Es ist kein gutes Gefühl, wenn irgendein Wichtigtuer unsere Ermittlungen verfolgt und wir nicht wissen, wer das ist und warum er das tut. Stefan! Gibt es eine Möglichkeit zurückzuverfolgen, wer das Video ins Netz gestellt hat?«

Stefan Krantz schüttelte den Kopf. »Das kannst du vergessen. Das lief über anonyme Zugänge und über Server irgendwo in der Welt. Der Typ hat sich unter dem Namen ‚Carlo' eingeloggt, irgendein Synonym. Das sagt gar nichts.«

»Das ist kein guter Anfang«, sagte Sven Lindström resigniert.

Alle Blicke wandten sich ihm fragend zu. Der sah einen nach dem anderen an.

»Ich weiß, was ihr jetzt denkt. ‚Wird er weitermachen oder hinschmeißen?' Jetzt wissen wir, dass das Team zusammenhält. Für mich ist das Grund genug. Ich bin weiterhin dabei.«

Allen flog ein Lächeln übers Gesicht, einer klatschte verhalten.

»Das wird ein Zweifrontenkrieg«, stöhnte Stormquist resigniert. »Aufklären und Abwehren.«

»Drei Fronten«, sagte Lindström bitter. »Ihr habt die

Presse vergessen. Schaut morgen mal in die Boulevardpresse. Die werden in Blut baden.

*

Am nächsten Tag begann das Wochenende. Nur eine
kleine Notbesatzung hatte Dienst in Åmål. Die anderen
brauchten zweieinhalb Tage Pause. Merkwürdigerweise
badete die Boulevardpresse nicht in Blut. Im Gegensatz
zur Provinzzeitung hatte dort offensichtlich noch keiner
das Video entdeckt. Und die Pressestelle der Polizei hatte mit Hilfe eines anderen Falles Nebelkerzen geworfen
und von den hässlichen Vorgängen in Rohagen abge-
lenkt.

*

Nach dem erleichternden Blick in die Internetpresse-
mappe frühstückte Lindström am Samstag eine volle
Stunde lang, briet sich Speck und zwei Eier, belegte sei-
ne Toastbrote dick mit geräuchertem Rentierschinken.
Er versuchte abzuschalten und es gelang ihm sogar das
Erlebte der letzten Tage in den hintersten Winkel seines
Bewusstseins zu schieben.

Am Nachmittag setzte er sich in seinen Wagen und
fuhr, ohne ein Ziel festzulegen, durch die hügelige Fel-
sen- und Waldlandschaft. Die Laubbäume am Rand der
langgestreckten Seen schimmerten von hellgelb bis dun-
kelrot. Der Himmel war blassblau. Es war fast windstill.
Die Sonne stand jetzt schon am frühen Nachmittag tief
über den Bergen und warf lange Schatten. Nicht nur
die Natur stimmte sich auf den nahenden Winter ein.
Gartenstühle und Sonnenschirme waren verstaut. Boote
lagen umgedreht am Strand. Die Stege waren an Land
gezogen. Vor den Häusern stapelte sich gehacktes Holz.
Lindström rollte auf Asphalt und auf Kies, auf Schotter
und über zerfurchte Holzabfuhrwege. Einmal musste er
einem unvermittelt auftauchenden Wagen ausweichen.
Er glaubte sich an einen VW Passat zu erinnern. Es ging
alles so schnell, dass er weder auf den Fahrer noch das
Nummernschild achtete. Dann stand er unvermittelt vor
einem Haus auf einem größeren Anwesen. Es wirkte
aufgeräumt. In einer neuen Scheune mit Blechdach
standen moderne Holzbearbeitungsmaschinen, davor
ein Vollernter. Er hatte sie oft beobachtet. Ein einziger
Mann bedient diese einarmigen Mehrzweckgeräte. Zu-

fassen, absägen, entasten und auf Länge schneiden. Ein Arbeitsgang in wenigen Minuten, für den noch vor dreißig Jahren mehrere Männer sich stundenlang abmühten. Allerdings ein einsamer Job. Nur die Kopfhörer mit eingebautem Radio sorgen für Abwechslung. Lindström hätte sich nie vorstellen können so zu arbeiten. Sein Kopf brauchte ständig neue Nahrung, neue Anregung. Es fiel ihm immer noch schwer, sich stundenlang nur mit einem Thema zu befassen. Vielleicht war es das, was ihn während der vergangenen Berufsjahrzehnte in immer neue riskante Ermittlungen trieb. Nicht immer war das von Erfolg gekrönt.

Er wendete den Wagen und fuhr die zwei Kilometer auf die Hauptstraße zurück.

Was nur ging im Kopf des Mörders vor, der ein einsames Haus aufsuchte, dem Besitzer auflauerte, ihn durch einen Schlag verletzte und ihn dann so zurichtete? In beiden Fällen, weder in Fröskog noch in Rohagen, hatte man eine Tatwaffe gefunden, die der Mörder mitgebracht hatte. Er hatte für den ersten Schlag etwas gegriffen, was dort herumlag. Es gab keine Anzeichen eines Kampfes, eines Streites. Er kam, schlug zu und entmannte, einfach so.

Einfach so sicher nicht, doch ungewöhnlich. Tötungsdelikte entstehen, das hatte Lindström in seinem langen Berufsleben immer wieder bestätigt bekommen, aus einer Beziehung zwischen Opfer und Täter. Nun gut, es gab Fälle, in denen ein irregeleiteter Trieb den Täter dazu brachte, Unbekannte zu überfallen. Meist waren die Mörder Männer und die Opfer Frauen, allzu oft Prostituierte, wie etwa bei dem legendären ‚Jack The Ripper' im England des 19. Jahrhunderts. Jedoch auch dort führte der Mann eine Tatwaffe mit sich. Alles andere waren Delikte, die aus der Eskalation eines Streites, im emotionalen Affekt oder unter Alkohol- oder Drogeneinfluss entstanden. Der Täter nahm die nächststehende Blumenvase, den Aschenbecher oder einen Knüppel und schlug zu, mit oder ohne Tötungsabsicht.

Hinter den beiden Taten in Fröskog und Rohagen jedoch stand offensichtlich ein planendes Gehirn. Das Opfer wurde aufgesucht, verletzt und dann auf die immer gleiche Art geschändet. Das waren keine Spontantaten.

*

Sven Lindström hatte seinen Wagen verlassen und ging ein paar Schritte ins Unterholz, um sich zu erleichtern.

Das Video im Internet irritierte ihn. Welcher Zufall spielte dem heimlichen Späher in die Hände? Ein Tourist, ein Pilzsammler oder jemand, der schon vorher etwas von der Tat mitbekommen hatte. Dann allerdings hätte er andere Aufnahmen geliefert, von der Leiche, vom Auftauchen der Postfrauen. Lindström zog den Reißverschluss seiner Hose hoch.

*

Lindström überflog den vorläufigen Bericht der Spurensicherung und des Rechtsmediziners.

Das letzte Opfer war durch einen Schlag mit einem stumpfen Gegenstand, einem Eisenstab aus dem Stall, betäubt worden. Dann hatte der Täter einen Heuballen unter die Stalllaterne gezerrt und das bewusstlose Opfer darauf gelegt. Nachdem er ihm die Hose heruntergezogen hatte, entmannte er es mit einem scharfen Messer. Das Messer wurde nicht gefunden. Seltsamerweise gab es keinerlei Abwehrspuren beim Opfer. Es war offensichtlich dem Täter aus dem Haus gefolgt oder war im Stall auf ihn gestoßen. Es hatte kein Kampf stattgefunden. Der Täter hinterließ zahlreiche Haut- und Gewebespuren, hatte also keine Handschuhe getragen.

Lindström blickte irritiert von den Papieren auf. Für eine spätere Gerichtsverhandlung wären diese Erkenntnisse von großer Bedeutung gewesen, deuteten die Anzeichen doch nicht auf einen heimtückischen Anschlag hin. Vielleicht hatten sie sich gestritten und die Auseinandersetzung eskalierte. Totschlag ja, aber kein Mord? Die Inszenierung mit dem Heuballen und der Aufbahrung wirkte wiederum wie eine geplante Hinrichtung.

Aber was war mit dem ersten Opfer? Vorausgesetzt, es war derselbe Täter. Auch ein Streit, der in eine Tötung ausartete? Lindström fiel das schwer zu glauben.

Und jetzt dieser Film im Internet. Lindström kam immer mehr zu der Überzeugung, dass ‚Carlo' mit dem Film eine Botschaft senden wollte.

*

»Was soll das für eine Botschaft sein?« Malte Storm-quist sah Lindström fragend an.

Lindström nickte Anja Thörnlund zu, die nachdenk-lich aus dem Fenster starrte. »Na, ja. Entweder will er mit seinen Taten prahlen. Ein übersteigertes Selbstbe-wusstsein nach außen, eine schwache Persönlichkeit nach innen.«

»Oder?«, Stormquist grinste Lindström an. »Er hat Probleme mit … Na, du weißt schon.«

Thörnlund schüttelte verständnislos den Kopf. »Was man nicht zwischen den Ohren hat, hat man zwischen den Beinen.«

Stormquist schlug lachend auf die Tischplatte.

»Das gilt auch für Polizisten«, zischte Anja Thörnlund finster.

Stormquist schaute betreten drein.

»Die zweite Möglichkeit«, fuhr sie fort. »Der Täter will ablenken. Vielleicht sogar eine andere, schwerere Tat vertuschen, uns auf die eine fixieren.«

»Schlimmer als Tötung?« Lindström schüttelte zwei-felnd den Kopf.

»Oder …«, fügte Thörnlund schnell hinzu.

*

»Stormquist!« kam ein Ruf von Stefan Krantz, der den Telefonhörer am Ohr hatte. Während Malte Stormquist noch mit Lindström diskutierte, ging er zum Telefon.

Er schwieg, hörte nur zu, legte auf, drehte sich um und lies sich auf einen Stuhl fallen.

»Was ist?« Lindström ahnte nichts Gutes.

46

Stormquist sah zu ihm hoch.

»Jetzt hast du deine Serie.«

Sven Lindström suchte den nächsten Sessel und sank kraftlos hinein. »Nein, bitte nicht.«

»Doch. Ganz in der Nähe, wo du gestern herumgeirrt bist. Stora Nygård heißt die Stelle.«

Stormquist sprang auf. »Leute! Packt eure Sachen! Stefan, du hältst hier die Stellung. Informiere die KTU und halte uns die Presse vom Leib, solange wir da draußen sind!«

*

Während das Team mit mehreren Autos und Blaulicht nach Westen raste, fragte Lindström: »Wer hat das entdeckt?«

»Eine Angestellte. Es scheint ein größerer Hof zu sein. Sie suchte ihn wohl am Morgen und fand ihn in seiner Wohnung oder seinem Büro. Sie redete unzusammenhängend.«

Sie schwiegen während der knapp viertelstündigen Fahrt.

*

Lindström erkannte die Stelle wieder, an der sie die Hauptstraße verließen. Einen Weg weiter war er am Vortage eingebogen. Es war kaum zu fassen. Möglich, dass er dem Täter auf seiner Fahrt begegnet war.

Am Ende des mit hellem Kies belegten Weges tat sich ein offener Hof auf. Auf der Stirnseite prangte die blaugrau gestrichene Holzfassade eines alten Gutshauses. Eine Treppe führte zu einem von runden Säulen gestützten Vordach. Eine dunkel gestrichene Doppeltür führte ins Innere. Auf beiden Seiten des Hofes erstreckten sich zwei Wirtschaftsgebäude, alt, aber in gepflegtem Zustand.

Dort stand ein Polizeiauto. Im Innern eine Frau und eine Polizistin, die auf sie einredete.

»Ist das die Angestellte, die ihn gefunden hat?«, fragte Lindström.

»Vermutlich.« Stormquist ging auf das Fahrzeug zu und klopfte an die Scheibe.

Die Polizistin öffnete die Wagentür und nickte.

»Ihr könnt mir ihr reden. Sie ist soweit gefasst.«

»Bleib noch eine Weile bei ihr. Wir sehen uns erst einmal um, bevor die Techniker die Macht übernehmen.«

Sie gingen auf das Eingangsportal zu. Mit zwei Fingern drückte Stormquist vorsichtig die Klinke nieder. Die Tür schwang quietschend auf. Sie gelangten in eine geräumige Halle. Hohe Fenster ließen viel Licht in den Raum, der mit einem Kamin ausgestattet war, aus dem es nach kaltem Rauch roch. In einer Ecke ein Schreibtisch, auf dem ein Laptop stand. Der Bildschirm war erleuchtet, ein Text war zu erkennen.

Auf dem Stuhl, dessen Rückenlehne dem Tisch zugewandt war, leicht verdreht, die zusammengesackte Leiche. Die Arme hingen schlaff herab, der Kopf war zur Seite weggekippt.

Lindström musste sich zwingen hinzusehen.

Zwischen dem Ansatz der Oberschenkel klaffte eine offene Wunde, unter der sich am Boden eine gewaltige

Blutlache gebildet hatte. Die Hose des Mannes war heruntergestreift und hing zusammengeschoben zwischen seinen Füßen.

»Ah!« Lindström wandte sich ab. »Das tut schon vom Hinschauen weh!«

Stormquist neigte sich über die Blutlache am Boden.

»Hier haben wir die Tatwaffe, ein Jagdmesser mit Hirschhorngriff.«

Lindström sah sich um. »Hier auf dem Schreibtisch das passende Etui. Es ist vermutlich das Messer des Opfers.«

»Es gibt nicht nur eine Tatwaffe. Am Feuerhaken hier kleben blutige Haare. Wieder das Gleiche. Erst erschlagen, dann abschneiden«, sagte Stormquist auf das am Boden liegende Teil deutend.

Lindström hatte sich dem Bildschirm zugewandt.

»Irgendein Brief an die Stadtverwaltung. Der Text bricht mitten im Satz ab. Was geschah in diesem Moment? Und wann?«

Stormquist tippte vorsichtig.   »Letztes Abspeichern 21:17. Also starb er irgendwann danach.«

Lindström hatte sich auf den Fußboden gekniet und legte den Kopf schief. »Wenn du hier gegen das Licht schaust, siehst du deutlich Schmutzspuren, Abdrücke von Schuhen, die von da hinten kommen.«

Lindström wies auf einen dunklen Flur, der vermutlich in die Küche und dort zum Hintereingang führte.

»Lass uns mal um das Haus herumgehen. Er kam nicht durch den Vordereingang.«

Am Vortag hatte es geregnet. Auf dem Treppenabsatz, der zur Hintertür führte, waren Schlammreste zu erkennen. Stormquist und Lindström stiegen vorsichtig darüber hinweg.

»Aha! In der Tür, die zur Küche führt, hat er eine Scheibe eingeschlagen, den innen steckenden Schlüssel umgedreht und dann die Tür über die Innenklinke geöffnet.«

»Der Kerl hat überhaupt keine Versuche gemacht, Spuren zu vermeiden.«

Sie öffneten die unverschlossene Tür und betraten den Küchenraum. Die Lehmspuren setzten sich dort fort und führten weiter in den Flur, den sie bereits von der Halle aus gesehen hatten.

»Hat der das Einschlagen der Scheibe nicht gehört? Wäre doch logisch gewesen, dass er nachgeschaut hätte und hier auf den Täter traf«, wunderte sich Stormquist.

Lindström dachte einen Moment nach.

»Das Feuer im Kamin. Das hat vermutlich das Geräusch aus der Küche übertönt.«

»Lass uns mal den Ablauf nachvollziehen«, sagte Malte Stormquist. »Er kam also über die Hintertür in die Küche und ging dann ...«

In diesem Moment läutete sein Handy. Er sah auf das Display. Es war die Einsatzzentrale in Åmål.

»Ausgerechnet jetzt!«, murmelte er ärgerlich.

Er nahm das Gerät ans Ohr ohne sich zu melden. Er lauschte. Sein Körper versteifte sich. Dann drückte er die Auflegetaste und öffnete die Mailfunktion, las und tippte auf den Link in der Mitteilung.

Er ging zu Lindström und lies ihn auf den kleinen Bildschirm schauen. »Wir haben wieder eine Videobotschaft.«

Sie hatten Mühe, auf dem kleinen Bildschirm etwas zu erkennen.

Das wackelige Bild zeigte den Gutshof aus einiger Entfernung am Tage. Eine junge Frau ging mit einem Eimer über den Hof. Von der anderen Seite kam ein Mann, er hätte das Opfer sein können. Beide blieben stehen. Der Mann drängte sich an die Frau heran, die kokett auswich, ohne den Eimer abzustellen.

‚Schwein' tönte es plötzlich aus dem kleinen Lautsprecher des Smartphons auf Dänisch. ‚Du lässt sie in Ruhe'. Der Ton kam offensichtlich vom Urheber des Filmes. Man hörte schnelles Atmen.

Die Frau wandte sich zum Gehen. Der Mann fasste nach, wollte sie halten. Sie wandte sich aus dem Griff, lies den Eimer fallen und lief weg.

Der Mann drehte sich mit einer wegwerfenden Handbewegung um und ging zum Haus.

Aus dem Lautsprecher drang heftiges Atmen. ‚Du machst ihr kein Kind!' hörte man die männliche Stimme des Filmers. Der Film brach ab.

»Was läuft da?«, stieß Lindström entsetzt aus. »Ein dänischer Spanner, der sich da aufgeilt.«

Bevor Stormquist das Handy wegnehmen konnte, lief der Film unvermittelt weiter.

Zunächst war das Bild dunkel, man ahnte nur eine

Bewegung. Dann tauchte eine Hauswand auf, die näher kam. Eine Tür wurde sichtbar.

»Das ist die Hintertür hier. Was wird das?« Lindström spürte kalten Schweiß im Rücken.

Der Macher des Films trug sein Smartphone vermutlich direkt am Körper, vielleicht in einer Brusttasche, denn man sah ab und zu beide Hände. Jetzt reckten seine Arme sich nach vorne, ein Arm wurde angewinkelt und der Ellenbogen drückte die Scheibe ein. Eine Hand fasste durch das Loch. Man hörte das Schnappen des Schlosses. Die Tür wurde langsam aufgedrückt. Die im Halbdunkel liegende Küche erschien.

Stormquist hatte Lindström am Arm gefasst, zog ihn nahe zu sich hin. Er flüsterte: »Ich habe noch nie einen Mord gesehen.«

Lindström war unfähig zu reagieren, starrte auf den kleinen Monitor. Der Flur wurde sichtbar. Er war nur durch zwei matte Lampen schwach erleuchtet. Ein blauer Schimmer tauchte im Hintergrund auf. Eine Türöffnung weitete sich. Das Bild stockte einen Augenblick, ruckte dann wieder an. Schritt für Schritt wurde die große Halle sichtbar. Im Hintergrund ahnte man den Kamin. Das Prasseln des Feuers war deutlich zu hören, ebenso wie ein Atmen. Dann blieb das Bild eine ganze Weile starr. Schließlich folgte ein Schwenk und der Rücken eines Mannes am Schreibtisch wurde sichtbar. Er zeigte keine Reaktion, sondern starrte auf den Laptop und schrieb zügig einen Text.

Stormquists Hände mit dem Smartphone zitterten.

Lindström griff zu und versuchte sie ruhig zu halten. Der Kamin kam näher, das Geräusch des Feuers verstärkte sich. Dann griff eine Hand nach einem der Feuerhaken. Der Mann am Schreibtisch nahm jetzt fast das ganze Bild ein.

In diesem Moment erstarrte er und wandte sich wie in Zeitlupe um. Das Gesicht drückte Überraschung aus. Der Mund öffnete sich, brachte aber keinen Ton hervor. Der Mann wich im Stuhl sitzend langsam zurück, bis er an die Schreibtischkante stieß.

»Hundert Jahre habe ich gewartet, dich zu sehen«, kam eine Stimme aus dem Gerät.

Der Mann im Stuhl bog seinen Körper zurück, als wolle er vor etwas ausweichen.

»Ich kenne dich nicht, mein Gott, was soll das! Ich habe dir nichts getan.«

Angst klang aus der Stimme des Mannes am Schreibtisch.

Jetzt wieder die Stimme des Eindringlings.

»Nein, hast du nicht? Hast du nicht heute meine Mutter angefasst, alle meine Mütter, du Schwein!«

»Zum Teufel! Du musst irre sein, ich kenne deine Mutter nicht.«

»Nein, kennst du nicht. Warum auch solltest du sie kennen, die du gerammelt hast, immer wieder, immer wieder, bis das herauskam.«

Jetzt sah man eine Hand, die auf die Kamera zeigte.

Die Körperspannung des Mannes am Schreibtisch wich etwas. Er wirkte jetzt gefasster.

»Ich habe deine Mutter nicht... Willst du Geld? Brauchst du Geld für Drogen? Ich kann dir Geld geben.«

»Ja Geld, Geld hast du ihr gegeben oder diesen Tand.«

Man sah eine Kette mit einem Kreuz, die dem Mann zwischen die Beine auf den Stuhl geworfen wurde. Dann wieder die laute Stimme.

»Ja, das war es. Erst erniedrigen, dann ficken, dann bezahlen, dann wegwerfen.«

Der Mund des Bedrohten öffnete sich.

»Du bist ja wahnsinnig!«

Das Kamerabild wurde unruhig.

»Ja, wahnsinnig. Hundert Jahre, die meine Träume zersetzen, meine Tage zur Hölle machen. Du wirst mich frei machen von dieser Scheiße, frei, frei, frei!«

Das Bild wirkte verwischt, dann tauchte die Spitze eines Feuerhakens auf.

»Halt!« rief Lindström. »Halt an! Ich brauche frische Luft!«

Stormquist tippte auf den Bildschirm und senkte das Handy.

*

Lindström ließ sich vor dem Haus auf die Treppenstufe sinken. Sein Körper hatte jede Spannung verloren.

»Es ist was anderes, einen Toten zu sehen als das Töten«, sagte er kraftlos.

Stormquist ließ sich neben ihm nieder.

»Mir fällt es auch schwer, das weiter anzusehen. Wir haben keine Wahl.«

Malte Stormquist sah grübelnd zu einem nicht existierenden Punkt in der Ferne. »Unser Mörder ist ein Däne. Was hat der mit dem oder den Opfern zu tun? Ist er sein Sohn? Es ist merkwürdig. Wenn ich Krantz am Telefon richtig verstanden habe, war die Mail zielgerichtet an die Polizeiadresse geschickt worden. Wenn wir Glück haben, steht das Video nicht öffentlich im Netz. Hat das etwas zu bedeuten?«

»Du meinst, der will gezielt mit uns Kontakt aufnehmen.«

»Ja, so etwa in diesem Sinne. Wo ist Thörnlund?«

»Thörnlund? Ich denke, wir sollten unserer jungen Kollegin ersparen, was auf dem Video noch zu sehen sein wird. Ich habe in meinen vierzig Dienstjahren keinen Mord mit ansehen müssen, noch weniger das, was jetzt noch kommt.«

»Wenn du ihr etwas vorenthältst, wird sie wenig begeistert sein. Vielleicht hat sie da mehr Distanz als wir. Lass sie selbst entscheiden.«

»Was soll ich entscheiden?«

Stormquist und Lindström hatten sie nicht kommen hören.

Lindström sah sie kurz an und gab sich dann einen Ruck. »Es ist der Täter selbst, der uns Videobotschaften schickt. Diesmal hat er nicht uns beobachtet, sondern ...«

Lindström stockte jetzt doch.

»Sondern?«

»Er hat den Überfall gefilmt!«

»Oh!« entfuhr es Anja Thörnlund. »Das ist heftig.«

»So kann man es ausdrücken. Wir haben den Film noch nicht zu Ende gesehen.«

»Wieso?« Es klang naiv, wie sie das fragte. Aber es war ihre Art, mit dem Unvermeidlichen umzugehen. »Wir sehen uns das Ende gemeinsam an, nicht wahr?«

»Da müssen wir wohl durch«, meinte Lindström und fasste seine Kollegin am Arm. »Wir gehen rein. Hier draußen ist es zu hell. Verstehst du Dänisch?«

»Dänisch?«, fragte Anja Thörnlund erstaunt.

Lindström wagte heimlich einen Blick in die Umgebung, so als könnte ‚Carlo' sie wieder beobachten.

Als sie die Halle betraten, legten Bestatter die Leiche gerade in einen Blechsarg. Zurück blieben der Schreibtisch mit dem immer noch laufenden Laptop, der Bürostuhl und der blutgetränkte Boden darunter.

Lindström war froh, dass der Tote entfernt war. Sie hockten sich vor den Kamin und Stormquist startete den Film.

∗

Stehbild. Der Mann am Schreibtisch, starr, aber nicht panisch, im Vordergrund die Spitze des Feuerhakens. Jetzt verschwand das Eisen aus dem Bild. Der Kopf des Mannes versuchte auszuweichen, da traf ihn die Spitze des Hakens hinter dem Ohr. Er gab keinen Laut von sich, war seltsam starr. Sein Blick drückte Verwunderung aus. Dann kam das Eisen noch einmal, durchschlug mit seiner Spitze die Schläfe und blieb im Schädel stecken.

Alle drei wandten sich für eine Sekunde entsetzt ab, starrten dann aber wieder auf den Bildschirm.

Der Mann war auf seinem Stuhl leicht nach vorne gerutscht. Aus der Schläfenwunde floss in einem kleinen Rinnsal Blut auf den Stuhl hinab. Die Arme zuckten unkontrolliert.

Der Täter ging einen Schritt zurück, sah sich offensichtlich sein Werk an.

Plötzlich seine Stimme.

»Du wirst sie nicht mehr anrühren. Sie muss nicht mehr schreien, wenn du kommst.«

Die Stimme hatte etwas seltsam Anrührendes. Sie wirkte nicht aggressiv, eher erleichtert.

Dann kamen die Beine des Opfers ins Bild. Zwei Hände griffen nach dem Gürtel seiner Hose, die mit einem Ruck heruntergezogen wurde. Das gleiche geschah mit seinen Boxershorts.

Stormquists Finger haute auf den Bildschirm. Das Video stoppte. »Nein, so geht das nicht!«

»Was geht nicht?« sagte Thörnlund ärgerlich. »Vielleicht macht es mir weniger aus, das anzusehen als dir, wo du ein Mann bist.«

Stormquist sah sie fast flehend an.

Sie ließ ihm keinen Ausweg und drückte jetzt selbst auf die PLAY-Taste.

Die Schreibtischplatte kam näher, der Täter suchte etwas. Dann zog er ein Jagdmesser aus dem Futteral auf dem Tisch. Er führte es zum Unterkörper des Mannes, dessen Bewegungen erstarrt waren. Eine Hand im Bild zog das Hemd des Mannes hoch, das seine Geschlechtsteile verdeckte, und griff danach, die andere führte das Messer.

»Jetzt ist gut!« Thörnlund hatte sich abgewendet und atmete schwer.

Stormquist stoppte den Film.

»Jetzt artet es in Voyeurismus aus!«, stieß Anja Thörnlund hervor. »Das Ergebnis kennen wir ja.«

Sie konnte ein Schluchzen nicht mehr unterdrücken.

Lindström fasste sie um die Schulter und schaukelte sie wie ein Kind.

»Es gibt Berufe, bei denen man besser schlafen kann.«

*

Inzwischen beleuchteten nur noch die Scheinwerfer der Polizeifahrzeuge den Hof.

»Was ist mit dieser Angestellten? Ist sie noch hier?«, fragte Stormquist irritiert.

Er ging zu dem Polizeifahrzeug, aus dem ihn ein scharfer Blick der Streifenpolizistin traf. Er stammelte eine Entschuldigung und setzte sich zu der wartenden Zeugin in den Wagen.

»Ich muss mich entschuldigen, dass wir dich so lange haben warten lassen. Es passiert so viel gleichzeitig. Wie hast du Arne Herenstam gefunden?«

Die junge Frau schaute ihn nicht an, sondern auf ihre Fußspitzen. »Er saß so da, so verletzt, als ich reinkam. Erst habe ich vorne am Haupteingang gerufen. Dann bin ich nach hinten. Die Tür war auf, eine Scheibe kaputt. Ich dachte, er hätte sich vielleicht verletzt, dann ging ich in die Halle und sah ...«

»Wann war das genau?«

»Das muss viertel nach acht gewesen sein. Ich komme jeden Tag um viertel nach acht.«

»Auch sonntags?«

»Ja, jeden Tag. Ich habe ja keine andere Arbeit.«

»Wohnst du in der Nähe?«

»Arne, also Herr Herenstam hatte mir eine Kate unten am See frei gemacht. Da kann ich wohnen.«

»Du bist nicht verheiratet oder lebst mit jemandem zusammen?«

»N ... Nein ...«

»In welchem Verhältnis stehst du zu Herenstam?«

»Ich habe kein Verhältnis mit ihm«, wehrte sie entschieden ab.

Malte Stormquist musste lächeln. »Ich meine, war er ein guter Arbeitgeber? Gab es Probleme?«

»Nein, ich meine ja, er war in Ordnung. Er zahlte regelmäßig. Manchmal legte er auch noch etwas drauf.«

Stormquist wurde hellhörig. »Bei welchen Gelegenheiten legte er noch etwas drauf?«

»Na, wenn ich meine Sache gut gemacht habe.«

Malte Stormquist verzichtete darauf, die Frage zu vertiefen. »Wie alt bist du?«

»17, ah, ich meine, ich werde achtzehn.«

Lindström, Stormquist und Thörnlund hatten sich in ihren Wagen zurückgezogen und starrten gedankenverloren vor sich hin.

»Na, was hat sie gesagt. War sie eine gute Zeugin?« Lindström sah Malte Stormquist fragend an.

»Zeugin? Nein, nicht direkt, aber ihre Aussage lässt

einige Rückschlüsse auf ihre Beziehung zu Arne Herenstam zu.«

»Und welche?«

Stormquist sah Lindström mit einem ironischen Lächeln an. »Sie hat Herenstam sicher nicht nur das Geschirr abgewaschen und die Kleidung gebürstet.«

»Du meinst ...« Lindström machte mit seinen beiden Zeigefingern eine eindeutige Geste.

»Sie ist siebzehn, minderjährig. Im letzten Moment hat sie sich korrigiert. Sie hat wohl kapiert, dass da was nicht Legales gelaufen sein kann.«

Alle drei versanken in Nachdenken.

»Ich denke, wir sollten heute nicht mehr nach Åmål zurückfahren. Ihr könnt bei mir schlafen«, brach Lindström das Schweigen und dann nach einer Weile.

»Irgendwo habe ich noch zwei neue Zahnbürsten und für ein Frühstück ist noch genug im Kühlschrank.«

Malte Stormquist und Anja Thörnlund sahen sich an, zuckten mit den Schultern.

»Mir ist auch nicht nach einer Fahrt durch die Nacht. Da lernst du auch mal Lindströms Eremitage kennen.« Stormquist rang sich ein Lächeln ab.

»Ich weiß nicht«, zögerte Anja Thörnlund. »Ich habe nichts zum Wechseln mit.«

»Stell dir vor, du wärst im Zeltlager«, grinste er.

»Na, ja«, meinte jetzt auch Lindström unsicher. »Ich habe heute Morgen nicht aufgeräumt und es steht auch noch ungewaschenes Geschirr ...«

»Jetzt klingst du wie eine Frau.« Stormquist boxte ihm

in die Rippen. »Ich brauche ein großes Bier. Das hast du doch hoffentlich.«

»Auch zwei.«

»Keine drei?« Ein Lächeln flog über Anja Thörnlunds angespanntes Gesicht.

*

Stormquist wendete den Wagen, manövrierte zwischen den anderen Fahrzeugen hindurch und rollte den etwa einen Kilometer langen Schotterweg zur Landstraße.

Es vergingen keine fünfzehn Minuten, bis sie auf einen Waldweg abbogen, der kurvenreich durch hohes Tannengehölz führte und schließlich auf einer kleinen Lichtung endete.

»Hier haust der Pensionär«, tönte Stormquist jetzt entspannt, »wie ein einsamer Wolf.«

Lindström hatte am Morgen vergessen, die Außenlampe anzuschalten und so mussten sie die letzten Meter durch das herbstliche Dunkel zurücklegen.

»Ganz schön gruselig«, meinte Anja Thörnlund, als sie das Haus erreichten.

Wenige Minuten später erstrahlte alles in sanftem Lampenschein.

»Gemütlich hast du es hier«, sagte sie, nachdem sie sich ein wenig umgeschaut hatte.

»Eben war es noch gruselig.«

»Na, ja. Ist eben eine Frage des Blickwinkels.«

Das ungewaschene Geschirr in Lindströms Küche bestand aus einer Tasse, einem Holzbrett und einem Messer.

»Das Chaos ist überschaubar«, meinte Stormquist ironisch. »Sollen wir dir in der Küche helfen oder machst du uns ein paar Sandwich mit Resten aus deinem Kühlschrank?«

»Ich Essen, du Bier«, grinste Lindström.

»Und Anja?«, kam es aus dem Hintergrund.

»Anja, Sitzen und Warten«, lautete der Kommentar aus der kleinen Küche.

»Fällt mir sehr schwer. Ich sehe mir dein Bücherregal an.«

»Und was siehst du da?«, fragte Lindström.

»Merkwürdig! Ich sehe Kriminalromane. Kein normaler Polizist liest Kriminalromane.«

»Jetzt hast die Erklärung, warum Sven hier mit uns arbeitet«, grinste Stormquist.

＊

Eine halbe Stunde später saßen alle um den Küchentisch mit allem darauf, was Lindströms Vorrat hergab, und das war nicht wenig. Nach dem zweiten Bier und einem ‚Verteiler‘ löste sich die Anspannung des Tages.

»Es ist gut, dass wir nicht zurückgefahren sind. Wir hätten nicht abschalten können.« Anja Thörnlund lehnte sich zufrieden zurück.

»Wir werden die nächsten Wochen kaum dazu kommen, abzuschalten. Dafür sorgt unser ‚Carlo‘ mit Sicherheit. Die Frage ist doch, ob er ...«

»Nein!« sagte Lindström bestimmt. »Heute Abend nicht mehr. Morgen gerne.«

＊

Der Morgen begann mit einem kräftigen Landregen.

»Dürfen wir denn schon wieder ans Steuer?«, fragte Stormquist ohne Ironie.

»Du kannst ja mal blasen. Der Alkotester liegt im Auto«, meinte Anja Thörnlund.

»Ich rufe im Büro an und sage, dass wir hier noch ermitteln.«

»Und dann?« Sie sah den Kollegen ungläubig an.

»Machen wir hier einen kleinen Waldspaziergang und gehen die bisherigen Fakten in Ruhe durch. Das bringt mehr als auf der Schreibtischkante zu sitzen.« Dabei fiel Lindströms Blick auf Malte Stormquist.

Der Schauer hatte sich verzogen. Es roch nach fauligem Laub, nassem Moos und nach Pilzen.

»Unser Täter, nennen wir ihn also ‚Carlo', hat den Drang zur Selbstdarstellung. Die Frage, wozu?«, grübelte Lindström.

»Er tut so, als wäre Herenstam sein Vater«, sagte Anja.

»Der hat keinen Sohn«, erwiderte Malte lapidar. »Ich habe heute Morgen kurz die Meldebehörde angerufen.«

»Außerdem faselte der was von ‚hundert Jahren'«, sagte Lindström.

Die Gruppe schritt auf dem weichen Moosboden durch einen erntereifen Fichtenwald.

»Na, ja«, meinte Anja. »Entweder prahlt er mit seinen Taten, um Aufmerksamkeit und eine perfide Form der Anerkennung einzufordern, oder …«

»Oder, was?«, unterbrach Stormquist.

»... es ist eine Art Hilferuf, so in der Art ‚Macht was, damit das aufhört'!«

»Das meinst du nicht im Ernst!«

»Denkbar ist das schon«, schaltete sich Lindström ein. »Wenn einer so richtig am Ende ist, Töten als letzten Ausweg für etwas sieht, was wir noch nicht kennen, dann will er möglicherweise gefasst werden, damit ihm eine weitere Tat erspart bleibt.«

»Es ist wie eine Sucht. Du kannst nicht aufhören, aber gleichzeitig willst du es«, ergänzte Anja Thörnlund.

»Das ist doch schizophren!«, ereiferte sich Malte Stormquist.

»Ja, genau das. Der Mann ist irgendwie krank!« Anja Thörnlund sah auf ihre Füße, die das weiche Moos auf dem Waldgrund niederdrückten. »Beschuldigt den Herenstam, sein Leben zerstört zu haben. Der aber scheint ihn überhaupt nicht zu kennen.«

»Krank! Krank! Damit kann man vieles entschuldigen!« Stormquist war stehen geblieben.

»Nicht entschuldigen«, widersprach ihm Anja. »Aber wir brauchen ein Motiv, sonst können wir weder aufklären noch, na ja, mögliche weitere Taten verhindern.«

Lindström hatte während des Dialoges zunächst geschwiegen, sagte dann aber: »Möglicherweise sehen wir den Wald vor lauter Bäumen nicht. Wer so tötet und schändet, ist natürlich gestört. Aber für die Art dieser Morde muss es einen Auslöser geben. Er geht ja nicht mit einem Messer oder einer Pistole hin und nimmt ihnen das Leben. Nein, er überlässt die Ausführung der

Tat dem Zufall. Dann aber geht er sehr gezielt zur Sache, indem er die Opfer ...«

»Sagen wir mal ‚entmannt'«, sagte Anja Thörnlund.

»Ja, eben, dem Opfer das nimmt, was ihn seiner Meinung nach zum Manne macht.«

»Was ich nicht damit in Zusammenhang bringen kann«, meine Stormquist, »ist diese Fixierung auf Männer, die hier alle in einem überschaubaren Umkreis leben. Ist er einfach zu faul, um sich die Opfer weiter weg zu suchen?«

»Faul!« sagte Anja Thörnlund kopfschüttelnd. »Faul ist der nicht. Entweder kannte er die Männer oder er suchte sie nach einem Muster aus. Wir müssen mehr über die Opfer herausfinden, nicht nur über den Täter.«

»Was ist mit diesem Buch, das wir in Rohagen gefunden hatten, diese Art Dorfchronik?«, fragte Sven Lindström.

»Ich habe mir den Namen des Verfassers aufgeschrieben.« Anja Thörnlund kramte in ihrer Jackentasche.

»Er heißt Anders Leifsson und wohnt in Hasselskog.«

»Das ist nicht weit von hier«, sagte Sven Lindström. »Keine zwanzig Kilometer. Wenn wir zurück sind, werde ich ihn anrufen.«

*

Lindström hatte den Hörer am Ohr und wiegte den Kopf. Dann legte er auf. »Er war am Telefon etwas kurz angebunden, fand ich.«

»Wie würdest du reagieren, wenn sich die Kripo am Telefon meldet?« grinste Malte Stormquist.

Sven Lindström lachte. »Kommt nie vor.«

∗

Von der Hauptstraße bogen sie in einen Schotterweg ein. An einer Kirche vorbei ging es zu einem See. Vor einem bescheidenen, aber schmucken Haus stoppte der Wagen. Als sie ausstiegen, sahen sie an einem der Fenster ein Gesicht verschwinden. Es dauerte nach dem Klingeln einige Augenblicke, bis die Tür geöffnet wurde.

Lindström zeigte seinen Ausweis. Leifsson musste so um die siebzig sein, ein freundliches Gesicht, das jetzt gespannt wirkte. Er machte einen Schritt zurück und mit der Hand eine Bewegung, die man als Einladung zum Eintreten interpretieren konnte. »Ich habe dich erwartet.«

»Das ist mein Kollege Malte Stormquist«, erklärte Lindström. »Und dies hier ist die Kollegin Thörnlund. Ich muss entschuldigen, dass wir hier zu dritt aufkreuzen. Aber wir ermitteln gemeinsam in der Sache.«

»Ja, ich weiß schon. Habe es in der Zeitung gelesen. Übrigens ...« Leifsson wies hinter sich. »Das ist meine Frau.«

Leifssons Frau nickte, hielt sich aber weiter im Hintergrund.

Der alte Mann wies auf Stühle in einem kleinen Vorraum der Küche. »Hier könnt ihr euch setzen.«

Lindström hatte sich gegenüber dem Chronisten niedergelassen. Die beiden anderen drängten sich auf ihren Stühlen um den kleinen Tisch. Lindström übernahm die Gesprächsführung.

»Du weißt aus der Zeitung und dem Fernsehen, was hier passiert ist. Alle drei Tötungsdelikte, kaum mehr als zehn Kilometer auseinander. Das kann kein Zufall sein. Außerdem gibt es Übereinstimmungen im Tatverlauf. Ich erspare mir die Einzelheiten.«

Leifsson nickte bedrückt.

»Ich denke, du kanntest die Opfer«, fuhr Lindström fort. »Du hast ein Buch über alle Häuser und ihre Besitzer hier in der Gegend veröffentlicht.«

Leifsson griff hinter sich und legte ein Exemplar der Chronik auf den Tisch.

»Wir leben hier weit verstreut. Man trifft sich mit den meisten nur selten, mit manchen nur ein Mal.«

»Das klingt, als wären die Opfer nicht gerade Mittelpunkt des Lebens hier.«

Leifsson zuckte die Schultern und verzog den Mund. Plötzlich stand Leifssons Frau hinter den Männern.

»Sag schon, dass es Stinkstiefel waren. Jetzt wo sie tot sind, kann man niemanden mehr beleidigen.«

Die Kommissare sahen überrascht zu der Frau auf.

»Jetzt möchte ich aber wirklich Genaueres wissen«, hakte Lindström nach.

Leifsson sah seine Frau strafend an. Die wandte sich

zur Küche um und lauschte dem Gespräch aus dem Hintergrund.

»Na, ja. Sie hat ja recht. Den aus Fröskog kenne ich kaum. Aber Herenstam führte sich manchmal auf, als wäre die Leibeigenschaft noch nicht abgeschafft. Er hatte sich hier nicht besonders beliebt gemacht, besonders nicht bei den jungen Männern.«

Lindström zog fragend die Augenbrauen hoch.

»Selbst Minderjährige waren nicht vor ihm sicher«, fuhr Leifsson fort.

Stormquist schaltete sich in das Gespräch ein. »Aber angezeigt hatte ihn niemand.«

Leifsson verzog einen Mundwinkel. »Tja! Wir leben auf dem Lande. Da rennt man nicht gleich zur Polizei.«

Lindström sah ihn kopfschüttelnd an.

»Ja, außerdem rede ich nicht von Vergewaltigung, sondern von ... wie sagte man? Anmache.«

Stormquist hatte den alten Mann am Ärmel gefasst. »Es gab also genug Leute, die einen Hass auf ihn hatten, ein Motiv.«

»Nein, nein. Herenstam ist ermordet worden. Soweit würde hier niemand gehen, der ihn kannte. Sein Auto zerkratzen oder ihm eine tote Katze ins Bett schmuggeln, aber Mord ...«

Lindström konnte sich nicht verkneifen einzuwerfen: »Es haben Menschen wegen geringerer Motive gemordet.«

Leifssons Frau stand unvermittelt hinter ihrem Mann. »Was redet ihr daher. Was war mit den beiden anderen?

Die hatten nicht den gleichen Ruf wie Herenstam und sind auch tot. Wo ist da das Motiv?«

Malte Stormquist versuchte die Frau zu ignorieren. »Noch mal zurück zu deinen Dorfgeschichten.«

Ein missbilligender Blick Leifssons traf ihn.

»Was hatten die drei Opfer gemeinsam, deiner Ansicht nach?«

»Gemeinsam? Es waren alles alteingesessene Familien mit eigenen Höfen, seit Generationen hier in der Gegend, nicht miteinander verwandt ... soweit man das wissen kann.«

Leifsson erregte sich überraschend. »Diese furchtbaren Verstümmelungen, die in der Zeitung angedeutet wurden. Ist das wahr, dass alle drei ...«

Stormquist versuchte ihn zu beruhigen. »Hhm, ja, der Täter hat ihnen die Geschlechtsteile abgeschnitten.«

»Habt ihr mal an eine Frau gedacht?«, fragte unerwartet Leifssons Frau.

»Ja, natürlich«, sagte Lindström. »Aber nach den Spuren glauben wir zu wissen, dass es ein Mann war, mehr allerdings nicht.«

»Irgendein Perverser«, grummelte Leifsson.

»Pervers ist jeder Mord. Aber ich weiß, was du meinst, eine psychische Störung.«

»So vornehm drücken die Leute das hier nicht aus«, giftete Frau Leifsson, inzwischen wieder aus der Küche.

»Das ist mir klar«, meinte Lindström. »Keines der Opfer lebte, zumindest soweit wir das wissen, mit einer Frau zusammen. Fällt dir dazu etwas ein?«

»Du meinst, ob sie …«, zögerte Leifsson.

»… schwul waren. Könnte ja sein.«

»Ha, wenn der Herenstam, na ja, war. Nein, nein, nein. Der hatte es wirklich nur mit Frauen. Dafür waren schon sein Vater und Großvater bekannt.«

Anja Thörnlund wandte sich an Leifssons Frau.

»Was war mit den beiden anderen Opfern? Wie war das? Stinkstiefel?«

Sie stand jetzt etwas kleinlaut in der Küche. »Na, ja, das sagt man so daher. Die tragen die Nase etwas hoch, vielleicht, weil sie Wald besitzen, während die anderen hier irgendwo in der Fabrik arbeiten oder Lastwagen fahren.«

Stormquist wandte sich an Leifsson.

»Was war mit dir?«

Leifsson sah beschämt zum Boden. »Ich habe Herenstam die Bücher geführt, so nebenbei.«

Lindström schaute ihn überrascht an. »Daher die intimen Kenntnisse. Hatte er wirtschaftliche Probleme?«

»Na, ja, seit die Holzpreise gefallen sind, blieb nicht so viel übrig. Aber er kam über die Runden, hatte keine Schulden.«

Malte Stormquist wollte es genauer wissen. »Auch bei dir nicht?«

»Meine letzte Arbeit konnte er nun nicht mehr bezahlen.«

Stormquist konnte sich ein Grinsen nicht verkneifen. »Ein besseres Alibi für dich kann es kaum geben.«

Lindström sah Stormquist strafend an.

»Sollte dir noch etwas einfallen, hier ist meine Karte..«

Lindström, Stormquist und Thörnlund erhoben sich, bedankten sich für den Kaffee, den sie nicht bekommen hatten und wandten sich zum Gehen.

»Ach, übrigens. Wie verkauft sich deine Chronik?«, wollte Lindström noch wissen.

»Ja, in der Gegend haben sie es fast alle. Selbst Touristen kaufen sie und Leute lassen sie sich ins Ausland schicken.«

»Solche, die hier mal gelebt haben?«

»Ja, zum Beispiel.«

*

Als Lindström, Stormquist und Thörnlund wieder im Wagen saßen, meinte Sven Lindström kritisch: »Die haben uns über die drei Opfer nicht die ganze Wahrheit gesagt.«

»Du glaubst, die decken jemanden.«, meinte Malte Stormquist ungläubig.

»Vielleicht decken sie das ganze Dorf.«

»Du glaubst doch nicht ...«

»Nein, kein gemeinschaftliches Verbrechen. Aber eine klammheimliche Genugtuung darüber, was, vor allem wie es passiert ist.«

Lindström warf einen Blick zu dem Fenster, hinter dem die Gardinen zugezogen wurden.

»Wir werden die Angestellte von Herenstam noch intensiver befragen müssen. Sie scheint die Einzige zu sein, die intensiver Kontakt mit ihm hatte. Wir müssen außerdem ermitteln, ob er Kinder aus einer früheren Ehe hat.«

»Ich mach das«, sagte Anja Thörnlund. »Ich bin nach eurer Ansicht ja mehr für das Ressort Frauen und Kinder zuständig.«

»Haben wir jemals etwas in dieser Richtung geäußert«, sagte Stormquist gespielt vorwurfsvoll.

»Ich mache es trotzdem«, schmollte sie.

Stormquist startete den Wagen und rollte an.

»Seht mal da unten am See, da baden welche.«

»Jetzt im Herbst, usch!« Lindström schüttelte sich.

»Es tut gut, den ganzen Schmutz einmal loszuwerden.« Stormquist bog auf die Hauptstraße ein.

»Ja, so ein See vereint. Hier waschen alle ihre Wunden und ihr Gewissen rein«, sinnierte Lindström.

»Und die Philosophen ihr verstopftes Hirn.«

»Es sind die Philosophen, die die Welt erklären, nicht die Logiker«, gab Lindström giftig zurück.

»Ich habe nichts gegen philosophische Logik.«

»Dann fang mal an, die einzusetzen. Es gab bei allen drei Morden Gemeinsamkeiten.«

Stormquist sah Lindström fragend an.

»Nähe der Tatorte, alteingesessene Familien.«

Thörnlund tippte Lindström auf die Schulter.

»Und drittens Unbeliebtheit und viertens ohne Frau.«

Lindström sah sich nach ihr um. »Das ist immerhin schon etwas. Was also ist mit den übrigen, auf die das zutrifft?«

»Du meinst den Rest der alteingesessenen, unverheirateten, unbeliebten Männer.«

Malte Stormquist wiegte den Kopf.

»Ich tippe so auf zwanzig, auf die das hier in der Gegend zutrifft. Sollen wir die alle beobachten lassen?«

Lindström schüttelte den Kopf.

»Wir können sie nicht beobachten lassen, das kriegst du nicht durch. Die Argumente sind einfach zu schwach. Aber wir können sie aufsuchen und mit ihnen reden.«

»Ich weiß auch, wer das tun wird.« Malte Stormquist grinste diebisch.

»Na?«, fragte Lindström.

»Unser Freund Krantz. Der muss sich mehr bewegen bei seiner Figur.«

»Ihr seid ekelhaft!« Anja Thörnlund warf sich angewidert in ihren Sitz.

∗

Kurz vor Åmål legte sich dichter Nebel über die Straße. Als sie an einem See vorbeikamen, mussten sie Schritt fahren.

»So komme ich mir auch vor«, stöhnte Stormquist. »Blindflug! Und irgendwo ist ‚Carlo' und beobachtet uns in dieser Waschküche, weiß, was wir denken, tun, planen. Nur wir wissen nichts, absolut nichts.«

Lindström blickt starr in die weiße Wand vor dem Auto.

»Wir müssen die Rollen tauschen, die Initiative ergreifen, nicht warten, bis er den nächsten Schritt tut.«

»Meinst du, wir sollten Kontakt mit ihm aufnehmen?« Anja Thörnlund sah Lindström fragend an.

»Vielleicht, ansonsten ist er uns immer einen Schritt voraus. Und das bedeutet: Er bestimmt die Regeln und wir kennen nicht einmal das Spiel.«

∗

Die morgendliche Besprechung verlief schleppend. Lindströms Vorschlag wurde heftig diskutiert.

»Er fühlt sich aufgewertet, wenn wir auf ihn eingehen.«

»Wer fragt, führt. Also warum ihm nicht Fragen stellen. Wenn wir es geschickt machen, können wir Schlüsse ziehen, auch wenn er nicht darauf antwortet.«

»Die Gefahr liegt darin, dass er aus unseren Fragen ersehen kann, was wir wissen oder noch nicht wissen.«

Stormquist machte der Diskussion ein Ende.

»Haben wir eine Wahl? Wir müssen zweigleisig fahren, herausbekommen, was die Opfer zu Opfern gemacht hat und gleichzeitig etwas über die Persönlichkeit des Täters herausfinden.«

Lindström hatte sich Notizen gemacht, strich durch, ergänzte, begann von vorne. Dann sah er auf.

»Vielleicht sollten wir ihm eine Falle stellen, eine intellektuelle. Was wissen wir? Seine Äußerungen lassen darauf schließen, dass er die Vergehen der Opfer gegenüber einer Frau oder auch mehreren rächen wollte. Nur scheint es so, dass die Opfer selbst nicht wissen, wofür sie büßen sollen. Der Täter projiziert irgendwelche Erlebnisse auf diese Männer. Entweder ist alles schon lange her oder sie halten ihren Kopf für andere hin, ein Stellvertretermord also.«

»Sehr gewagte Theorie. Worin besteht deine Falle?«, kam die Frage aus der Runde.

»Wir lenken seine Aufmerksamkeit auf ein Opfer, das es gar nicht gibt, aber seinem Motiv entspricht.»

Ein Köder also?«, fragte Malte Stormquist.

»Ein Phantom!«

»Das ist so«, Malte Stormquist schüttelte den Kopf, »als würdest du einen Polizisten in Frauenkleider auf eine Straße schicken, in der ein Frauenmörder zu meucheln beliebt.«

Aus dem Team kam glucksendes Lachen.

»Das wäre die Methode eines Naiven!« Lindström sah seinen Kollegen giftig an.

»Also ich zieh mir den Rock nicht an!«, konterte Stormquist.

»Könnt ihr das vielleicht mal sachlich erörtern!« Anja Thörnlund war aufgestanden. »Ich finde das psychologisch sehr interessant, was Sven da vorschlägt. Wir lassen ihm unterschwellig Informationen über einen Typen zukommen, der es mit der Würde der Frauen nicht so genau nimmt. Den platzieren wir virtuell hier in die Gegend an eine Adresse, die wir unter Kontrolle haben und dann ...«

»... springen wir aus dem Busch und nehmen ihn fest.« Stormquist war verärgert aufgestanden. »Das Opferprofil ist dafür noch viel zu schwammig. Was ist mit dem Krantz?«

»Der ist in einer halben Stunde hier. Irgendwie ist der heute nicht so schnell. Er hat kurz angerufen.«

Es war elf Uhr, obligatorische schwedische Kaffeepause. Es roch nach Zimtschnecken und Hefegebäck.

Einige Köpfe wandten sich zur Tür.

»Oh je!« kam es vom Tisch des Kripoteams.

Hinkend, mit eingegipstem Bein, kam Stefan Krantz auf seine Kollegen zu.

»Beim Fußballspielen?« Malte Stormquist konnte ein Grinsen nicht unterdrücken.

»Das war das Pferd von einem eurer zwanzig Waldbauern. Ich glaube, der hat sich noch gefreut, als das Vieh mir den Tritt verpasste.«

»Hoffentlich ist es beim Letzten aus der Liste passiert.«

»Sehr mitfühlend! Nein, es war der Zweite. Die restlichen habe ich mit Gips besucht. Es war mir ein Vergnügen.«

»Und?«

»Einige kannten die Opfer, andere hatten nie etwas mit ihnen zu tun gehabt. Einer hätte, glaube ich, bei Herenstam selbst gerne den Täter gespielt, war aber zu den Tatzeiten in Österreich im Urlaub. Ich habe das schon gecheckt.«

Lindström schaltete sich ein. »Leben denn alle seit Generationen in der Gegend?«

»Na, ja, das passt bei vielen schon. Der Ruf der alten Herenstam ist eindeutig. Den jetzigen kannten einige nicht einmal persönlich.«

Alle Augen am Tisch waren gespannt auf den Kollegen gerichtet. Lindström deutete auf einen freien Stuhl. Stefan Krantz ließ sich mühsam nieder. Sven Lindström schob ihm eine Tasse hin.

»Wir suchen ja nach logischen Verbindungen zwischen den Opfern und möglichen weiteren. Was war dein Eindruck?«

»Da gibt es keine, wenn ihr mich fragt.«

Malte Stormquist verdrehte die Augen. »Sehr ermutigend. Ein Mörder ohne Motiv, ein Amokläufer.«

Lindström widersprach. »Nein, nein! Das ist er nicht. Diese Rituale, die er zelebriert, das deutet auf Planung hin. Was nur irritiert, ist, dass er jedes Mal ohne eigene Waffe auftaucht. Aber vielleicht gehört das auch zu seinem Ritual, dieses Quäntchen an Unvorhersehbarem.«

Stefan Kranz unterbrach ihn. »Einer der Kandidaten sticht etwas heraus, Feldt. Der ist nicht von hier, zumindest nicht hier geboren. Den habe ich nicht mehr geschafft. Könnt ihr den übernehmen?«

Lindström wiegte den Kopf. »Warum nicht mit dem Unwahrscheinlichsten beginnen?«

∗

Eine Etage höher wartete eine Überraschung auf die Kommissare. Frank Haug, der norwegische Kollege, winkte die aus der Kantine auftauchenden Kollegen zum Computer.

»Da hat sich einer per Sprach-Mail gemeldet, aber nicht der Däne, ein Deutscher.«

Alle scharten sich um das Gerät. Frank Haug drückte auf den Startknopf.

Ich dachte, ich bin frei, nach dem Herenstam, aber es kocht weiter in mir. Großmutter sagte: Sie hatte sechs Kinder von sechs verschiedenen Männern oder waren es sechs von fünf Männern? Ich kann mich einfach nicht mehr erinnern. Es macht mich verrückt. Sie schreit immer, wenn die Männer bei ihr sind, immer hat sie geschrien.

Man hörte heftiges Atmen, das wie Schluchzen klang, dann ...

Ich kann das Schreien nicht mehr aushalten. Es muss doch mal aufhören.

Haug stoppte die Wiedergabe.

»Habt ihr alles verstanden? Könnt ihr Deutsch?«

»Das waren ja ziemlich einfache Sätze«, meinte Malte Stormquist. »Aber was war das mit Kindern, fünf oder sechs. Männer, fünf oder sechs? Das rauschte so vorbei.«

Anja Thörnlund bat Frank Haug die Stelle nochmals wiederzugeben. Danach sagte sie:

»Na ja, die Großmutter hat ihm etwas erzählt. Irgendjemand, also eine Frau, hatte sechs Kinder, jedes von einem anderen. Es könnte aber auch sein, dass sie sechs Kinder hatte von fünf verschiedenen Männern.«

»Hast du dich da nicht verhört?« Lindström sah sie zweifelnd an. »Jedes Kind von einem anderen Mann?«

»So hörte sich das an, ja!«

»Wer ist dieser Deutsche?« Malte Stormquist hob in einer hilflosen Geste die Arme an. »Ich dachte unser Täter ist ein Däne. Redet der jetzt Deutsch oder war das ein anderer, der sich mit uns einen Spaß macht?«

»Wir senden die Sprachdatei nach Stockholm ins Labor. Die können eine Stimmenanalyse machen. Dann wissen wir, ob der Däne und der Deutsche die gleiche Person sind.«

»War das der gleiche Mailabsender wie das Video?« Lindström zeigte auf den Computer.

»Äh, nein!« Frank Haug rief die Maildatei auf. »Es kam von einem anderen Mailserver.«

»Das heißt?«

»Nichts«, antwortete Haug resigniert. »Du kannst dich bei beliebig vielen Providern anmelden, anonym.«

Lindström seufzte. »Ich hätte im Ruhestand blieben sollen.«

*

Als Lindström wieder in seinem Haus war, wiederholte er diese Erkenntnis. Er hatte sich einen bequemen Jogging-Anzug übergezogen und wühlte in einer Kiste mit alten Erinnerungen. Seine Ernennungsurkunde fiel im in die Hände, tief unter einem Stapel von Fotos und Zeitungsausschnitten früherer Fälle. Damals hatte er alles, was ihm in die Hände fiel, in diesen Karton gestopft und ihn nie wieder angefasst.

‚DER FÜNFTE PATRIOT' hatte die Provinzzeitung getitelt. Das war vor viereinhalb Jahren. Der Zeitungsausriss war bräunlich verfärbt. Auf dem Foto waren er, Stormquist, damals noch mit langen Haaren, und Anna Lindén abgebildet. Er starrte lange auf das Bild und legte es dann umgedreht wieder in die Kiste. Keiner der Beschuldigten saß mehr in Haft. Findige Anwälte hatten sie nach mehreren Revisionsprozessen wieder frei bekommen, außer Ferch. Aber der saß erst einmal ein paar Jahre wegen eines anderen Delikts. Das war es, was ihn an seinem Beruf hatte zweifeln lassen. Monatelange Kleinarbeit, persönliche Bedrohungen, Annas Entführung, und dann … nichts.

»Zum Kotzen.«

Mehr fiel ihm in diesem Moment nicht dazu ein. Er schenkte das Whiskeyglas voller als gewöhnlich, holte einen Stuhl aus der Küche, stellte ihn auf die kleine Eingangsveranda und ließ sich geräuschvoll auf den Sitz fallen. Er starrte in das Gewirr von Tannen, das sein Grundstück umgab. Nichts sehen, nichts hören, nichts … War es das, was er nach vierzig Jahren Arbeit gesucht hatte? Nein, verdammt. Genau das Gegenteil. Mehr sehen, mehr hören, mehr fühlen. Aber nicht Blut, Schweiß und Tränen. Genau da war er wieder gelandet. Er konnte niemanden beschuldigen. Das Bein hatte er sich selbst gestellt, aus falscher Solidarität, aus wieder aufsteigendem Ehrgeiz, aus Langeweile womöglich? Was tat er sich da nur an? Gab es einen Ausknopf, auf den er noch drücken konnte?

Er atmete tief durch. Der Geruch des feuchten Laubes brachte ihn wieder in die Wirklichkeit zurück. Er musste Distanz halten, zu den verfluchten Mordfällen und zu sich selbst, um nicht darin zu versinken. Seine 4000 Quadratmeter, die musste er sauber halten. Das war seine erweiterte Fluchtdistanz, die niemand überschreiten durfte. Das da draußen war nicht seine Welt, durfte es nicht werden.

Er trank das Glas leer und fühlte sich besser.

*

Jetzt, da die Ferienzeit vorbei war, kam die Auswertung vom Labor in Stockholm überraschend schnell.

»Es ist die gleiche Person, unser Däne und unser Deutscher.« Frank Haug übergab Malte Stormquist das Schreiben. »Kein Zweifel.«

Lindström, Stormquist und Anja Thörnlund standen wie versteinert um den Kollegen und reichten sich die Expertise weiter.

»Wir warten mit der Kontaktaufnahme«, sagte Malte Stormquist bestimmt. »Je mehr wir wissen, desto erfolgreicher locken wir ihn in deine Falle.«

Lindström musste lächeln. »Du bestimmst. Du bist der Boss.«

»Okay. Deshalb machen wir uns jetzt auf und sehen uns den Mann an, den Krantz dank des Pferdekusses nicht mehr besuchen wollte, äh! konnte!«

*

Diesmal konnten sie nicht die Landstraße 164 nutzen, die sie zu den beiden letzten Tatorten geführt hatte. Stattdessen passierten sie Fröskog, Tatort Nummer 1.

Von der Landstraße führte ein auffallend gepflegter Kiesweg durch den lichten Kiefernwald. Am Ende tauchte ein stattliches, cremeweiß gestrichenes Wohnhaus auf. Es war von einem kurzgeschnittenen Rasen umgeben, auf dem eine sportlich elegante Frau mit einem großen, weißen Hund tobte.

»Auf dem Rasen könntest du Golf spielen«, sagte Lindström bewundernd.

»Reicht aber nur für drei Löcher«, grinste Stormquist.

Auf der obersten Stufe der breiten Treppe, die zur Gartenterrasse führte, wurden sie schon erwartet.

Stig Feldt war eine stattliche Erscheinung, geschätzte 60. In selbstbewusster Haltung sah er auf den Wagen, dem die Kommissare entstiegen.

»Eine der vermuteten Eigenschaften trifft hier schon mal nicht zu«, murmelte Malte Stormquist Sven Lindström zu.

»Stimmt, die Frau ist nicht zu übersehen.«

»Ja, meine Freundin, mein Hund, mein Haus«, lachte Feldt mit sonorer Stimme.

Er führte die drei mit einer jovialen Geste ins Innere. Die große Halle war großzügig und modern eingerichtet. Designermöbel bestimmten die helle Wohnlandschaft. Zögernd setzen sich die Polizisten auf eines der weißen Sofas.

»Möchtet ihr etwas trinken?«, fragte Stig Feldt über die Schulter von der gut bestückten Hausbar aus, »ein Wasser, ein Tonic?«

Die drei nickten beim letzten Getränk. Feld schenkte sich großzügig einen Scotch ein, ohne Eis, ohne Wasser und lies sich lässig in einen der voluminösen Sessel fallen.

»Ich habe das Haus, wenn ihr so wollt, von meinem Urgroßvater übernommen. Großvater war um die Jahrhundertwende 1900 in die USA ausgewandert. Ich kam vor zwanzig Jahren wieder hierher und habe das Haus zurückgekauft. Es war ziemlich vernachlässigt. Schaurige Geschichte mit den beiden Morden. Deshalb seid

84

ihr doch hier?« Er nahm einen großem Schluck.

»Drei Morde!« korrigierte Stormquist.

»Ja, richtig, den in Fröskog hatte ich übersehen. Gibt es einen Zusammenhang zwischen den Leuten?«

»Das war eigentlich unsere Frage? Kennst du einen davon?«, wollte Lindström wissen.

»Kennen? Getroffen habe ich sie irgendwann einmal zu irgendwelchen Gelegenheiten. Ich erinnere mich nicht mehr. Aber hier ist meist jeder für sich. Wir wohnen schließlich weit auseinander und haben ganz unterschiedliche Interessen.«

»Du hast demnach weder private noch geschäftliche Verbindungen zu den Männern?«

»Mein Wald grenzt an ein Waldstück, das Herenstam gehört. Darum kümmert sich aber der Förster. Außerdem muss ich mit Herenstam keinen persönlichen Kontakt pflegen.«

Malte Stormquist war hellhörig geworden. »Gibt es Gründe dafür?«

Stig Feld schaute nachdenklich in sein Glas. »Er ist, also er war mir einfach nicht sympathisch. Ich kann noch nicht einmal begründen, warum. Es ist einfach so.«

Sven Lindström zögerte, bevor er die nächste Frage stellte. »Könntest du dir vorstellen, dass es jemanden gibt, der genauer weiß, warum er ihn nicht mag, ihn hasst?«

»Nicht in diesem Jahrhundert«, lachte Feldt.

Lindström schaute überrascht. »Wie soll ich das verstehen?«

Stig Feldt nahm einen Schluck aus seinem Glas.

»Mein Großvater erzählte über die Herenstams so einiges. In den alten Tagen folgte der Herenstam, es muss der Urgroßvater des jetzigen gewesen sein, nicht nur den Gesetzen der Kirche. Der zog auch schon mal ne Magd durch die Nase.«

»Frauen als Drogen«, sagte Anja Thörnlund und schüttelte den Kopf.

Stig Feldt beugte sich nach vorn. Seine Stime senkte sich. »Na, ihr müsst euch das vor über hundert Jahren hier mal vorstellen. Allgemein erschreckende Armut. Die meisten Bauern beackerten nicht mehr als eine Waldlichtung. Dann natürlich einige Großgrundbesitzer, Knechte und vor allem Mägde, die von ihnen abhängig waren. Keine Nachbarn mit kritischen Blicken. Da wurde schon mal zugelangt. Und nicht jedes Kind landete ordnungsgemäß in den Kirchenbüchern. Oder der Knecht bekam das Produkt der Liebe angehängt. Vielleicht glaubte der sogar, es wäre seins. Die einfachen Leute waren damals nicht so aufgeklärt.«

»Sehr interessant, was du da berichtest. Nur unsere Morde sind heutzutage geschehen, im 21. Jahrhundert, nicht im 19.«, wandte Malte Stormquist ein.

»Du hast recht. Die Geschändeten können sich heute nicht mehr rächen. Ein Drittel der Bevölkerung ist in jener Zeit ausgewandert, sicher nicht nur aus Mangel an Brot, sondern auch wegen der unmenschlichen Arbeits- und Lebensbedingungen.«

»Sind viele von denen zurückgekehrt?«

Stig Feldt lachte. »Hier weiß ich nur von einem.«

Lindström sah Stig Feldt mit ernstem Blick an.

»Wir sehen nur einen vagen Zusammenhang zwischen den Taten. Wir sollten dir aber sagen: Pass auf dich und deine Freundin auf. Irgendwer treibt sich hier mit seinem kranken Hirn herum. Und ich habe das Gefühl, dass er uns beobachtet.«

Feldt wiegte den Kopf. »Ich verstehe eure Sorge. Wir werden uns zu schützen wissen. Aber ich werde meine Freundin nicht unnötig beunruhigen.«

Lindström beschwichtigte. »Ja, natürlich. Es war nur ein Routinebesuch. Sag ihr das!«

*

Lindström wirkte nervös, als sie wieder ins Auto stiegen. »Wir verzetteln uns. Wir sollten Krantz' Ermittlungen durchgehen. Vielleicht gibt es da jemanden, der besser ins Schema passt.«

»Haben wir denn ein Schema?«, wagte Stormquist einzuwenden.

Die Liste möglicher Ziele des Täters, die Krantz angefertigt hatte, war nicht allzu umfangreich. Sie sonderten die ganz jungen aus, die Altenheimbewohner und diejenigen, die innerhalb einer Siedlung lebten. Das war zwar riskant, aber nach den Gesetzen der Wahrscheinlichkeit ein richtiges Vorgehen, vom Wahrscheinlichen zum Unwahrschcinlichen.

*

Als Lindström an diesem Abend die Tür hinter sich schloss, sich auf einen Stuhl in der Küche setzte und das schwarze Loch hinter seinem Fenster anstarrte, wusste er, dass er nie den Verlockungen und Schmeicheleien Stormquists hätte nachgeben dürfen. Was, zum Teufel, trieb ihn in die Krakenarme dieses Falles? Der Gedanke verfolgte ihn den ganzen Abend.

Als er zu Bett ging, wusste er: Die Erklärung lag unter den Dielen seines Fußbodens, mit Drähten an die Balken gebunden und nach ihm um Hilfe rufend: Anna.

In dieser Nacht verfolgten ihn andere Träume. Am Morgen rief er bei Stormquist an und sagte, ohne einen Grund zu nennen, für diesen Tag ab. Und Malte Stormquist fragte auch nicht nach.

Warum könnte Carlo nicht auch ihn beobachten? In der Presse war sein Name gefallen, wenn auch sein Wohnort nicht genannt wurde. Aber niemand konnte einschätzen, was Carlo wusste.

Lindström spürte zum ersten Mal seit drei Jahren so etwas wie Unbehagen. Er kramte in seiner Werkstatt ein paar alte Halogenstrahler hervor, die er, als er das Haus übernahm, abmontiert hatte, weil ihm die Lichterflut seiner Vorgänger lächerlich vorgekommen war. Jetzt stieg er auf die Leiter und stellte den alten Zustand wieder her. Am Abend konnte der von allen vier Ecken des Hauses die Umgebung anstrahlen. Da die Lampen mit Bewegungsmeldern gekoppelt waren, mussten sie nicht die ganze Nacht brennen. Er hoffte inständig, dass die Detektoren nie anschlagen würden. Aber die Lampen gaben ihm die Illusion von Sicherheit und Kontrolle. Am Abend legte er, völlig gegen seine Gewohnheit, sein Handy auf die Ablage über seinem Bett. Bevor er sich schlafen legte, umrundete er sein Haus und hatte eine kindliche Genugtuung daran, dass nacheinander alle vier seiner Leuchten aufflammten und das Grundstück bis in den Wald hinein anstrahlten. Trotzdem schlief er unruhig in dieser Nacht.

*

»Warum schaffst du dir keinen Hund an?«, fragte Anja Thörnlund, als er etwas verschämt von seinen Schutzmaßnahmen erzählte. Sie saßen mit Zimtschnecken und Kaffee an dem kleinen Tisch, der ihre provisorische Kantine darstellte.

»Einen Hund? Ich hatte schon früher einmal darüber nachgedacht.« Lindström blickte nachdenklich ins Leere. »Ich weiß nicht, ob ich für jemanden Verantwortung übernehmen will.«

»Ein Hund ist kein Mensch. Du musst ihn ja nicht heiraten«, sagte sie lächelnd.

»Aber ein Hund kann länger leben als eine Ehe hält«, sagte Lindström düster.

»Du bist ein Defätist!« Thörnlund sagte das vorwurfsvoll. »Nur nicht sich binden, könnte ja schief gehen. Niemanden an sich heranlassen, er könnte dich ja verletzen.«

»Ist es nicht so?« Lindström versuchte seine Haltung zu verteidigen.

»Natürlich kann es so sein. Vielleicht geschieht es ja auch. Aber ein halbleeres Glas ist auch immer halbvoll. Statt dich selber könntest du den Hund kraulen.«

Jetzt musste Lindström lächeln. »Woher weißt du, was ich mit mir anstelle?«

Anja ging nicht darauf ein.

»Du solltest mal zulassen, dass jemand dich möglicherweise mag, dir auch etwas geben kann, was du nicht hast. Echte Gefühle entstehen beim Tun, nicht beim Grübeln.«

Lindström blickte beschämt zur Seite. Er fühlte sich durchschaut. Aber es fiel ihm schwer, sich fallen zu lassen, etwas zuzulassen, was er seit Jahren immer wieder vermied, Nähe.

*

Am Montagmorgen war Anja Thörnlund die erste, die im Büro in Åmål auftauchte. Sie ging die internen Mails durch und stieß dann auf eine Mitteilung der Wochenendbesatzung. Dort war eine Nachricht registriert, die die Beamten nicht einordnen konnten. Sie hatte keinen Betreff und war deshalb erst einmal nicht weiterbearbeitet worden. Aber irgendjemand musste den Inhalt überflogen und verstanden haben. Denn diese Mail war in deutscher Sprache abgefasst.

Anja Thörnlund hatte keine Schwierigkeiten, den Inhalt zu verstehen. Fünf Jahre Deutschunterricht zahlten sich jetzt aus. Bevor sie bis zum Ende gelesen hatte, kamen Lindström und Stormquist durch die Tür und hängten ihre Jacken auf. Lindström legte seinen Rucksack neben einen der Schreibtische.

»Hier!«, sagte sie nur.

Die beiden Männer beugten sich über den Bildschirm und begannen zu lesen.

Ich hab diese Kette von der Großmutter. Ich glaube, ich war 12, als sie mir die zeigte. Sie wohnte auch in der Gasse mit den Nutten wie meine Mutter. Deswegen hatte ich Schläge bekommen, am Morgen nach der Schule. ‚Nuttensohn' hatten sie immer gerufen und mir eine verpasst. Jetzt wird es keine Nutten mehr geben, denn ich bin keine Frau und eine Schwester habe ich nicht. Meine Mutter ist die letzte. Ich krieg das alles nicht aus dem Kopf. Das bohrt und hämmert in mir. Dann hör ich immer dieses Schreien, wenn die Männer da sind, also bei meiner Mutter, der Nutte. Ich kann das Schreien nicht aushalten. Ich muss das aufhören, aufhören.

»Hat der gesagt: ‚Ich muss das aufhören’. Das ist doch kein richtiges Deutsch«, meinte Lindström. »Es muss doch heißen: ‚Es muss aufhören.’«

»Gut aufgepasst in der Schule«, lobte Stormquist ironisch.

»Das ist kein Versprecher«, sagte Anja Thörnlund. »Er muss dafür sorgen, dass es aufhört. So meint der das.«

»Indem er Leute umbringt, die damit absolut nichts zu tun haben?« Stormquist machte eine wegwerfende Handbewegung.

Lindström wiegte den Kopf. »Die Bemerkung mit der Kette gibt mir zu denken. Wir haben eine Kette bei Herenstam gefunden. Die meint er doch wohl. Die Kette ist alt, vermutlich ein Erbstück. Was zum Teufel ist da in der Vergangenheit passiert, das ihn antreibt?«

»Der lebt irgendwie in einer Zwischenwelt, vermischt Vergangenes und das, was er selbst erlebt hat«, sagte Anja Thörnlund.

»Aber wie kommt er auf diese Leute, die er da umbringt? Der will uns etwas vorspielen. Das glaube ich eher«, sagte Stormquist.

Lindström hatte sich gesetzt und den Kopf in die Hände gestützt. Er hatte die Augen geschlossen und grübelte. »Wenn er jetzt sagt ‚er muss das aufhören‘, heißt das nichts anderes - er ist noch nicht fertig. Er wird weiter töten.«

*

Malte Stormquist hatte für den Nachmittag ein außerordentliches Treffen angesagt. Als alle versammelt waren, erhob sich Lindström und ging nach vorne.

»Die Halskette lag auf Herenstams Körper. Wie eine Grabbeigabe. Wieder ein solches Ritual. Die Spurensicherung hat Blut gefunden an der Außentür. Er hat sich da verletzt. Vielleicht ergibt die DNA-Analyse einen Anhaltspunkt. Er hat recht viele Spuren hinterlassen, seine schmutzigen Schuhabdrücke, Fingerabdrücke auf der Schere, dem Feuerhaken. Spucke auf der Brille Herenstams.«

»Es scheint ihn nicht zu stören, dass er Spuren hinterlässt«, ergänzte Stormquist.

»Da sind wir wieder bei dem Tatmotiv. Alles wirkt geplant, die Auswahl der Opfer, die Orte, nur die Tat selbst nicht.«

Lindström sah auffordernd in die Runde.

Krantz fasste nach seinem schmerzenden Gipsbein. »Das wirkt fast so, als wolle er geschnappt werden. Kann man ihm da nicht entgegenkommen?«

Einige lachten unterdrückt.

»Genau das haben wir diskutiert«, sagte Lindström sachlich. »Wir wollen seine Kontaktaufnahme mit uns ausnutzen. Zum einen, indem wir initiativ werden und zum anderen, indem wir ihm versuchen eine, wenn auch virtuelle, Falle zu stellen.«

Ein Raunen ging durch die Mannschaft.

»Soll einer von uns den Lockvogel spielen?«, fragte Krantz und schlug auf seinen Gips.

»Da brauchst gerade du dir keine Sorgen machen«, grinste Stormquist.

Ein befreiendes Lachen unterbrach die Ernsthaftigkeit der Sitzung.

»Nein«, sagte Lindström. »Es ist eine Falle, bei der niemand in Gefahr gerät. Er soll glauben, es gäbe für ihn ein weiteres Opfer.«

»Glaubst du, dass der sich so täuschen lässt?« Die Frage kam von Haug.

»Ansonsten würde ich es nicht vorschlagen. Wir müssen alles versuchen, ihn vor weiteren realen Taten abzulenken, die wir nicht vorhersehen können.«

*

In diesem Moment wurde die Tür aufgerissen. Der Kollege aus der Telefonzentrale stand zitternd im Türrahmen.

»Ihr müsst sofort kommen. Es ist etwas passiert.«

Nach einer Schrecksekunde sprangen alle hoch und sahen sich fragend an.

»Ich checke das ab«, sagte Malte Stormquist ruhig. »Ihr wartet hier!«

Der Kollege, der die Botschaft überbrachte, zog Stormquist aufgeregt nach draußen.

»Video!« sagte er nur.

Malte Stormquist drehte sich um und rief:

»Anja, Sven! Schnell!«

*

Schweißtropfen hatten sich auf Sven Lindströms Stirn gebildet. Er öffnete den obersten und auch den zweiten Hemdenknopf. Malte Stormquist hatte sich auf den Tisch gestützt. Anja Thörnlund beobachtete von der Seite den Bildschirm.

Aus dem Lautsprecher war Donner zu hören.

»Gestern Abend waren überall Gewitter, das muss gestern Nacht gewesen sein.«

Das Bild irrte über einen Kiesweg, den sie nur allzu gut kannten. Von irgendwo kam ein schwacher Lichtschein. Jetzt sahen sie es. Es war eine Lampe über der Garageneinfahrt. Die Garage war leer. Dann kam eine breite Treppe ins Bild, die zu dem Haus führt. Das Haus lag im Dunkeln. Auch von innen drang kein Lichtschein. Dann sah man einen Fuß, der mehrmals gegen die Terrassentür trat. Beim dritten Stoß gab sie nach. Das weiße Holz splitterte. Dann hörte man ein Bellen, das näher kam.

»Das ist Feldts Hund«, sagte Stormquist überflüssigerweise.

Eine Hand reckte sich vor, hatte ein Messer umfasst, ein klappbares Pfadfindermesser. Der Hund wurde sichtbar, bellte in die Kamera. Dann fuhr die Hand mit dem Messer nach vorne, traf den Hund am Bauch. Aus dem Bellen wurde ein Schrei, dann ein Winseln. Der Hund war verschwunden. Man hörte ihn auch nicht mehr. Aus der Bar im hinteren Teil des Wohnraumes drang ein schwaches Licht.

»Es könnte von der Kaffeemaschine kommen. Hier haben wir noch vor ein paar Tagen gesessen«, stöhnte Lindström.

Dann sah man wieder die Treppe, diesmal von oben. Die Kamera ging auf die Garage zu, an ihr vorbei auf die Rückseite. Dann wurde das Bild schwarz.

»Mein Gott, was kommt jetzt!« Anja Thörnlund hatte die Hand vor den Mund geschlagen.

Plötzlich wurde es hell auf dem Bildschirm. Von irgendwo kam zunehmendes Licht. Man hörte einen Motor, der schnell lauter wurde, dann in den Leerlauf ging. Das Bild zeigte nur eine grüne Wand, die Farbe der Garage.

Dann eine Männerstimme: ,Geh du schon mal rein. Ich fahre den Wagen noch rückwärts in die Garage. Pass auf, dass der Hund nicht raus in den Regen rennt.'

Man hörte schnelle Schritte, das Aufschließen einer Tür, dann kurze Ruhe. Der Motor lief noch. Jetzt wurde die Seite der Garage sichtbar, dann der vom Autoscheinwerfer erleuchtete Vorplatz. Plötzlich wurde das Bild blendend hell, fast gleichzeitig ertönte ein scharfer Donnerschlag. Das Auto wurde kurz sichtbar, daraufhin wieder nur die Garagenwand. Man hörte, dass der Wagen in die Garage gefahren wurde.

Dann ging alles sehr schnell. Die Garageneinfahrt tauchte auf, die geöffnete Autotür, das Gesicht von Stig Feldt, der erschrocken herumfuhr, dann aus dem Wagen sprang und drohend auf die Kamera zulief. Dann traf ihn die Kante eines Spatens quer über das Gesicht. Er brüllte auf vor Schmerz, versuchte sein Gesicht zu schützen. Da traf ihn der zweite Schlag. Er taumelte und stürzte zu Boden, vor den Wagen, dessen Lichter ihn grell anstrahlten. Noch immer lief der Motor. Dann fuhr das Messer mit einem seitlichen Hieb in die Hose, die sich sofort rot färbte. Immer wieder stach das Messer zu. Arne Herenstam zeigte keine Reaktionen mehr. Dann wandte sich der Täter dem Haus zu. Ein Blitz erhellte die Fassade. Der Donner folgte nur Sekunden später. Das Licht im Haus erlosch. Die Haustür kam näher, dahinter ein dunkler Flur. Man hörte eine Frauenstimme. ,Stig! Komm schnell, Bonzo ...'

Der Täter eilte durch den dunklen Flur und erreichte die Küche, in der die Frau über dem Hund kniete. Die Frau war jetzt ganz nah, der Täter über ihr. Man hörte sein Atmen.

,Stig, endlich! Bonzo geht es nicht gut', hörte man die Stimme der Frau. Der Hund lag bewegungslos unter ihr. Sie zog ihre Hand unter dem Tier hervor, sie war blutig. Eine kleine Taschenlampe rollte über den Boden. Sie beleuchtete als einzige Lichtquelle die Szenerie. Jetzt legte sich ein Schatten über die Frau. Sie drehte sich um, erstarrte.

Die Stimme des Täters. ,Frau, bleib ruhig, bleib ruhig. Ich, ich ... schütze dich. Niemand wird dir mehr wehtun, wehtun.'

Eine Hand legte sich auf ihren Mund. Sie versuchte sich aus dem Griff zu befreien, ein erstickter Ruf von ihr, dann wieder die fast sanfte Stimme des Mannes.

,Um Himmels willen, bleib doch ruhig! Was soll ich denn machen, wenn du schreist. Ich halte das Schreien nicht aus. Immer hat sie geschrien, wenn die Männer kamen. Ich kann das Schreien nicht ertragen.'

Die Frau glitt herab, kam neben dem Hund zu liegen. ‚Wo ist mein Mann?' Es war nur ein Flüstern.

Die milde Stimme des Täters. ‚Du sollst doch ruhig sein'. Dann wurde sein Ton schärfer. ‚Dein Mann wird dir nichts mehr tun. Ich schütze dich.'

Sie versuchte zurückzuweichen, strauchelte über den Hund. Ihre Stimme war wie ein ersticktes Weinen. ‚Was hast du ihm getan?'

Der Täter. ‚Das, was er dir angetan hat, meiner Mutter, allen Müttern.'

Völlig überraschend fuhren beide Hände der Frau hoch, an der Kamera vorbei, offensichtlich zum Hals des Mannes. Das Bild war jetzt sehr verwischt. Die Frau musste sich an ihm festgekrallt haben.

Er stöhnte, dann schrie er sie hysterisch an. ‚Schlampe, du bist nicht besser als alle anderen, verdammte Schlampe!'

Der Stimmungsumschwung kam völlig unvermittelt. Die Kamera wich zurück, der Mann versuchte sich loszumachen. Seine Hand schlug ihr ins Gesicht. Plötzlich öffnete der Hund seine Augen, fletschte die Zähne und schoss auf die Kamera zu.

Lindström, Stormquist und Thörnlund wichen erschrocken zurück.

Die Zähne des Hundes flogen vorbei. Man hörte den Einschlag ins Fleisch des Mannes. Das Bild färbte sich rot. Wie durch einen roten Film sah man den Flur vorbeirauschen, die Ausgangstür, den Hofplatz, den Waldweg entlang. Dann wurde es dunkel.

»Los, schick einen Arzt, die Spurensicherung und den Krantz hoch. Wir müssen sehen, wie es den beiden geht.«

Stormquist hing sich ans Telefon und ordnete den Einsatz an.

Die drei Polizisten standen schwer atmend vor dem Monitor.

»Herrgott! Warum hatten wir das nicht kommen sehen?« Lindström haute mit beiden Händen verzweifelt auf die Tischplatte.

»Scheiß Opferprofil!«, schrie Stormquist.

»Beruhigt euch!«, rief Anja Thörnlund in das Chaos. »Unser Profil war nicht vollständig. Wir wissen zu wenig. So einfach ist das. Schaltet eure Köpfe wieder ein. Wir brauchen sie noch!«

»Was ich brauche, ist Luft und einen starken Kaffee oder zwei. Ich bin draußen.«

Sven Lindström wankte aus dem Raum, die beiden anderen ließen sich auf die nächststehenden Stühle fallen. Der Rest des Teams war nach dem Geschrei herübergekommen und stand ratlos im Raum.

Malte Stormquist hatte sich wieder gefasst.

»Wir müssen sofort eine Großfahndung einleiten. Der Mann muss deutliche Verletzungsspuren haben, vermutlich im Gesicht. Der kann sich nicht ewig verstecken.«

»Immerhin hat er noch die Kraft gehabt, die Videobotschaft abzusenden«, wunderte sich Thörnlund.

»Seine Verletzung muss irgendwie behandelt werden.

Ich glaube kaum, dass er zu einem Arzt gehen wird. Umso weniger kann er die Spuren des Bisses verbergen.«

»Ich vermute, dass er keine feste Bleibe hat, vielleicht im Auto herumreist. Ich frage, ob wir die Öffentlichkeit informieren sollen, Zeitung, Fernsehen.« Stormquist wirkte zunehmend ratlos.

»Fragen wir Lindström«, riet Anja Thörnlund.

Den trafen sie über eine Tasse Kaffee gebeugt. Er starrte vor sich hin, schreckte auf, als die beiden ihn ansprachen.

»Was meinst du, Sven, sollen wir an die Presse geben, dass der Täter verletzt ist und sich noch in der Gegend bewegt?«, fragte Malte Stormquist.

Lindström sah auf, dachte eine lange Minute nach. »Nein! Ein bestimmtes Nein! Wenn er durch seine Verletzung auffallen sollte und sich merkwürdig verhält, meldet das vielleicht jemand der Polizei. Wenn wir die Öffentlichkeit auf einen verletzten Mann ansetzen, von dem wir keine vernünftige Beschreibung haben, geht eine Hexenjagd los und ‚Carlo' gräbt sich irgendwo ein. Schlimmstenfalls kommt es zu einer Kurzschlussreaktion gegenüber völlig Fremden. Nein! Wir sollten unsere Streifenpolizisten informieren. Die sollen die Augen offenhalten und uns diskret informieren, wenn sie einen Verdächtigen sehen oder ihnen etwas gemeldet wird.«

Malte Stormquist zweifelte. Anja Thörnlund nickte. Schließlich gab auch Stormquist nach.

»Du hast wohl recht. Wir halten den Ball flach.«

Die Tür wurde aufgerissen. »Der Mann ist tot!«, rief ein

Kollege in den Raum. »Sieht übel aus.«

»Jetzt müssen wir erst einmal mit der Frau reden, wie hieß sie doch noch?«, fragte Lindström.

»Marleen«, erinnerte sich Anja Thörnlund.

In der kleinen Kochnische roch es nach billigem Fett und abgestandenem Kaffee. Malte Stormquist sprach, ohne die anderen anzuschauen. »Ich traue mich nicht, der Frau gegenüberzutreten.«

»Wir stehen das zu dritt durch. Wir brauchen ihre Aussage. Sie ist die Einzige, die dem Täter je so nahe war. Sie muss ihn uns beschreiben.«

Lindström war jetzt aufgestanden.

»Sicher!« Anja Thörnlund sah jetzt Lindström direkt an. »Eine Frau, die gerade ihren Lebenspartner verloren hat, wird wenig bereit sein, ihre Eindrücke mit uns zu teilen. Aber, wir haben etwas, was wir sonst nie nutzen können. Wir waren gewissermaßen bei der Tat dabei.«

»Das erzähle ihr mal!« sagte Stormquist und warf den Kopf zur Seite.

»Das sollten wir nicht tun. Wir müssen ihre Aussage mit dem abgleichen, was wir gesehen haben. Kriminologisch ist das einmalig. Welche Erinnerungen hat eine Betroffene unter der Situation eines solchen Stresses verglichen mit dem, was wirklich geschah.«

Lindström hatte sich wieder gefasst. »Anja! Musst du nicht noch eine Abschlussarbeit abliefern vor deiner Ernennung in den gehobenen Polizeidienst?«

»Ich könnte mir ein leichteres Thema vorstellen.«

»Aber kein einmaligeres.«

Die Drei hatten es nicht besonders eilig, den gepflegten Kiesweg zu Feldts Villa hochzufahren. Nach bevor sie die Garage erreichten, stellten sie den Wagen dezent an der Seite ab.

An der Garage und am Haus waren die Kriminaltechniker mit der Spurensicherung beschäftigt. Feldts Körper war in einem Fahrzeug des Bestattungsunternehmens verstaut, das gerade das Grundstück verließ. Der Rechtsmediziner kam auf die Kommissare zu.

»Diesmal hat er sich noch nicht einmal die Mühe gemacht, dem Opfer die Hose herunterzuziehen. Er hat da wild hineingeschnitten. Wäre der Mann nicht durch zwei Schläge auf den Schädel bewusstlos gewesen, hätte er sich vielleicht noch retten können. Ist natürlich alles Theorie.«

»Die Schläge waren aber nicht tödlich?«, wollte Stormquist wissen.

»Nein. Er hatte einen Spaten genommen, der vermutlich hier rumstand und ihm mit der scharfen Kante quer über den Gesichtsschädel gehauen, zwei Mal. Nasenbeinbruch, eine Stirnfraktur. Das war nicht tödlich. Ich gehe aber mit Sicherheit davon aus, dass er bewusstlos am Boden lag, als das Messer ihn zwischen den Beinen traf.«

»Wie geht es der Frau?«

»Keine Ahnung. Eine Polizistin ist bei ihr.«

Lindström, Stormquist und Thörnlund gingen mit schweren Schritten die Treppe zur Terrasse hoch. Die Terrassentür war demoliert. Vor wenigen Stunden hatten sie das im Video miterleben müssen, da war es Nacht. Jetzt flutete Sonnenlicht in die große Wohnhalle, so als ob das Entsetzliche nie stattgefunden hätte.

Unabgesprochen überließ Malte Stormquist Sven Lindström das Ansprechen der Frau.

»Tut mir unendlich leid, Marlen, dir jetzt Fragen stellen zu müssen. Aber du warst dem Täter so nahe wie sonst nur seine Opfer.«

Sie sah nur kurz zu Lindström auf. Ihr Gesicht war seltsam ausdruckslos. Man spürte, dass sie nichts sagen wollte, zögerte, gab sich dann doch einen Ruck.

»Ich, ich sah ihn über mir. Er wirkte, wirkte ... gespalten. Erst war er unnatürlich freundlich, strich über mein Haar, sagte, er würde mich beschützen, aber ... dann plötzlich verzerrte sich sein Gesicht zu einer Grimasse. Das war wie so ein Tick, weißt du, so etwas, was man nicht kontrollieren kann. Dann wirkte er plötzlich verzweifelt, als ich rufen wollte, dann drohte er, er war ... er war ... nicht normal.«

Lindström und Stormquist nickten. Genauso hatten sie es in dem Video gesehen. Nur das Gesicht des Täters war ihnen verborgen geblieben.

«Hatte er etwas in der Hand, irgendeinen Gegenstand?«

Marleen zog die Stirn in Falten, überlegte eine Weile und schüttelte dann den Kopf.

»Versuche dich zu erinnern, wie er aussah, groß-klein, Haarfarbe ...«

»Er muss so um dreißig sein, ziemlich lange Haare, es war ja fast dunkel, ich konnte keine Farbe erkennen. Sein Gesicht war schlank, irgendwie nicht auffällig, ein Durchschnittstyp.«

»Was ich nicht verstehe, Marleen«, sagte Lindström. »Warum hast du nicht die Polizei gerufen, nachdem das passiert war?«

Plötzlich richtete sich Marleen halb auf, ihr Körper versteifte sich und sie starrte Lindström wütend an.

»Polizei? Warum habt ihr den Kerl nicht gefunden, bevor er das hier gemacht hat? Ihr wart doch hier gewesen. Ihr wusstet doch etwas. Warum habt ihr nichts getan!«

Ihre Haltung war eine einzige Anklage. Lindström zuckte zusammen. Was sollte er darauf antworten? Marleen krümmte sich auf ihrem Sessel und begann hemmungslos zu weinen. Stormquist tippte Lindström vorsichtig auf die Schulter, zog ihn weg zum Fenster hin.

»Irgendwie frage ich mich das auch. Das mit der Frau passte nicht zum Profil, aber das andere. Wir hätten jemanden hier lassen sollen.«

»Und was ist mit den 19 anderen, auf die das Profil passt? Wie viele Leute könnt ihr abstellen für sowas, womöglich auf Wochen hinaus? Das weißt du doch auch, dass es nicht geht. Schlimmer ist, dass wir schon mehrmals dem Typen so nahe waren. Das Labor hat uns überhaupt nicht weitergebracht. Fingerabdrücke, Blut, nichts in den Dateien. DNA - keine Übereinstimmung mit irgendeinem eurer Kunden.«

Stormquist wirkte mit einem Male wie abwesend, schaute nach oben und sagte dann: »Du kannst mich jetzt schlagen, aber mir kommt gerade ein Gedanke. Mit der DNA kann man doch Verwandtschaftsbeziehungen nachweisen, nicht wahr? Lass uns das doch mal austesten.«

»Verwandtschaft von wem zu wem? Vom Täter zum Opfer? Zu welchem Opfer? Zu allen vieren? Was soll das bringen? Der kann ja nicht mit allen verwandt sein, oder?«

»Vielleicht mit einem, und dann geht die Spur auf eine Art weiter, die wir noch nicht kennen.« Stormquist wirkte verunsichert. »War ja auch nur eine Eingebung.«

»Okay, Malte, wir stochern so sehr im Heuhaufen, dass es auf eine Nadel mehr oder weniger nicht ankommt. Lass die DNA-Analyse machen. Du entscheidest das sowieso.«

Als sie das Haus verließen, ohne noch einmal mit Marleen gesprochen zu haben, überfiel Lindström ein Würgen. Am Rande des Rasens, gleich neben der Garage, war Erde angehäuft, daneben lehnte ein Spaten an der Garagenwand.

Mit einem kurzen Blick auf den Erdhügel sagte Malte Stormquist nur: »Der Hund.«

*

»Er beginnt von seinem Muster abzuweichen«, sagte Lindström, als sie wieder im Lagezentrum waren.

»Ja, klar. Kein Zeremoniell. Keine Kette. Kein Opferaltar. Einfach den Feldt so liegen lassen wie einen toten Hund«, meinte Stormquist.

»Der tote Hund. Ist das nichts?«

»Der hatte wohl Angst, dass er ihn beißt«, sagte Stormquist.

»Meinst du wirklich? Er hat den Hund verletzt, bevor die Feldts zurückkamen. Der Hund war im Haus eingeschlossen. Den Feldt hat er dann an der Garage getötet. Wozu also den Hund umbringen?«

»Möglich, dass du recht hast, Sven.«

»Diesmal ist der Hund ein Symbol, wofür auch immer. Was treibt diesen Irren?«

»Zumindest wissen wir, dass er was gegen die Geschlechtsteile älterer Männer hat. Vielleicht war er mal missbraucht worden von so einem, in der Jugend irgendwann. Das wäre doch ein Motiv.«

»Ein dänisch sprechender Deutscher, oder umgekehrt, missbraucht von gleich drei Männern.« Lindström schüttelte den Kopf.

»Weißt du, was die hier in der Einsamkeit so alles anstellen?«

»Das wirkt doch so, als könnten die sich nicht riechen untereinander.« Lindström tippte an seine Nase.

»Vielleicht ja deshalb. Angst davor, dass einer plaudert aus alten Tagen.«

»Na, ja. Der Feldt kam vor 20 Jahren nach Schweden.

Käme irgendwie hin. Spielt den Gönner und macht sich nach einiger Zeit vor lauter Langeweile an kleine Jungs ran.«

»Ohne, dass seine Freundin merkt, dass er sich mit anderen Böcken trifft. Das glaubst du doch selbst nicht. Wir sind hier nicht in der Großstadt.« Stormquist wiegte verneinend den Kopf. »Wir gehen immer davon aus, dass der Mann logisch handelt.«

»Er handelt zumindest zielgerichtet«, gab Lindström zu bedenken.

»Das muss nicht das Gleiche sein. Vielleicht ist er paranoid, hat irgendeine Wahnvorstellung, die mit den Opfern rein gar nichts zu tun hat.«

»So in der Art: Der Weg ist sein Ziel. Aber wonach suchen wir dann?«

»Ich denke, wir brauchen nicht nur ein Täterprofil, sondern ein noch besseres Opferprofil. Er wird weitermorden, bis sein Vorrat erschöpft ist.«

»Mich schüttelt es bei dem Gedanken.«

Durch die Tür kam Anja Thörnlund und wedelte mit einem Bündel Papiere. »Ich habe mir das Protokoll eures Gespräches mit Marleen durchgelesen.«

»Ja?« Lindström sah sie erwartungsvoll an.

»Das, was der Täter zu ihr gesagt hat«, fuhr Anja fort.

Stormquist verdrehte die Augen. »Es geht mal wieder um eine Frau, richtig?«

»Ob dir das gefällt oder nicht, ja! Dieses ‚ich will dich beschützen‘. Dann plötzlich das Drohen.«

»Was hat man euch auf der Polizeischule dazu beigebracht?«, fragte Stormquist provozierend.

»Du kannst dir diese Spitzen schenken. Schon mal was von Ödipus-Komplex gehört?«

»Bitte nicht das!« Malte Stormquist schlug die Hand an die Stirn.

Doch Thörnlund ließ sich nicht beirren. »Irgendwie glaubt er den Beschützer spielen zu müssen, vielleicht den seiner Mutter, von der er nicht loskommt, die er aber gleichzeitig verachtet.«

»Und deshalb bringt er Männer um?«

»Na, ja, die Hand gegen die Mutter heben, das ist ein Tabu. Aber die Schuld auf deren Männer verlagern, das passt schon.«

Stormquist grinste. »Also, eigentlich möchte er mit seiner Mutter ..., traut sich aber nicht das einzugestehen und ...«

Sven Lindström ging ärgerlich dazwischen. »Was soll das? Das hilft doch nicht weiter. Was hat seine Mutter mit den vier Opfern zu tun? Das ist doch alles wirr.«

*

Lindström packte seine Jacke und verließ den Raum. Draußen atmete er erst einmal tief durch, wollte schon wieder zurückkehren, setzte sich aber dann in sein Auto und fuhr durch die Stadt zum Hafen. Er musste etwas anderes sehen als Leichenfotos, andere Menschen als die rastlos und fast verzweifelt ermittelnden Kollegen.

Der kleine Hafen bot sich in herbstlicher Entspanntheit dar. Viele Boote, die während des Sommers an den Stegen dümpelten, waren bereits im Winterlager. Ein einziges Gastboot war am Kai vertäut. Die Tische auf der Terrasse des Hafencafés waren leer. Der Kontrast zum Sommerleben war ein Spiegelbild von Lindströms seelischer Verfassung. Ein emotionaler Absturz, den er selbst verantworten musste. Das Wasser lag ölig blank, wurde von keinem Windhauch gekräuselt. Die Möwen saßen gelangweilt auf den Dalben. Niemand warf ihnen mehr einen Happen zu. Sie schienen auf den nächsten Sommer zu warten, auf Licht, Leben und das Lachen der Kinder. Jetzt war da nichts, nur Stillstand, Trägheit und Öde.

Lindström ging die wenigen Schritte durch die Altstadt in die Einkaufsstraße. Im Café an der Ecke wollte er sich ein frisches Eis kaufen, drei Kugeln für 20 Kronen, Vanille, Stracciatella und Nuss. Aber das Café war wegen Umbaus geschlossen. Ein paar Alte, zwei mit Rollator, lungerten an der Ecke und schnackten über ihr Elend. Lindström hätte sich am liebsten zu ihnen gesellt.

Er überquerte die Straße und überflog vor dem Buchladen die Schlagzeilen der Boulevardpresse. Gottseidank kein Hinweis auf ihre Ermittlungen. Der Pressesprecher der Polizei hatte Anweisung, lediglich die Taten zu bestätigen, aber weder über Einzelheiten noch den Stand der Ermittlungen zu berichten. Und das Team hielt dicht. Lindström nickte befriedigt, ging zurück zum Wagen und fuhr in die Einsatzzentrale im Industriegebiet.

*

Eine Stunde später traf eine Meldung der Verkehrspolizei ein. Die Kollegen meldeten ein verdächtiges Fahrzeug, das auf einem Waldweg abgestellt war, ein alter in Deutschland registrierter VW Passat.

Lindström, Stormquist und Thörnlund machten sich umgehend auf den Weg.

Der Fundort des Fahrzeuges war nicht weit von den Mordplätzen entfernt. Das weckte Hoffnung.

In den letzten Tagen waren die Routinekontrollen der Verkehrspolizei unauffällig verstärkt worden. Die Presse meldete, dass man nach Schleusern von Prostituierten suchte, in der Hoffnung, dass ‚Carlo' Zeitung lesen würde und sich nicht als Ziel der Fahndung sah.

Als sie sich dem Waldstück näherten, waren sie entsetzt. Der Weg war von Polizeifahrzeugen zerfurcht. Um den sichergestellten Wagen war der Boden zertrampelt, auch Fahrradspuren waren nur noch zu ahnen.

»Sicher haben die alle nur denkbaren Türgriffe angefasst und sind in dem Wagen herumgekrochen«, flüsterte Lindström.

»Es ist niemand im Fahrzeug, aber es ist voll mit Essensresten und Klamotten. Sonst haben wir nichts gefunden«, berichtete voller Stolz einer der Beamten.

»Na toll!«, stöhnte Stormquist. »Was haben diese Leute für eine Ausbildung. Das einzige, was die können, ist, den Autofahrern einen Alkotester zwischen die Zähne zu klemmen. Es ist zum K...«.

»Sprich dich ruhig aus!« Anja Thörnlund war auch entsprechend zu Mute.

»Lass uns aussteigen, lass uns mit um das Auto trampeln und mit unseren ungeschützten Fingern den Innenraum durchwühlen. Im Deutschunterricht haben wir mal ein Sprichwort gelernt. ‚Ist der Ruf erst ruiniert, lebt sich's völlig ungeniert'.«

»Ich verstehe kein Wort«, wehrte Stormquist ab.

»Ist auch nicht nötig«, mischte sich Lindström ein.

»Es reicht, wenn einer von uns zur Schule gegangen ist.«

»Wir können heute Abend ausknobeln, wer das war.«

Stormquist stieg aus dem Wagen und nahm sich den nächststehenden Polizisten vor. »Weg da von der Karre! Habt ihr schon mal einer professionellen Spurensicherung zugeschaut? Geht lieber Verbandskästen und Warndreiecke kontrollieren!«

Ein unterdrücktes Fluchen kam als Antwort zurück. Doch die Streifenbeamten zogen sich schmollend in ihre Fahrzeuge zurück. Stormquist ahnte schon, dass er am nächsten Tag eine Dienstaufsichtsbeschwerde auf dem Schreibtisch haben würde.

Die drei zogen sich Gummihandschuhe über, bevor sie vorsichtig die Heckklappe öffneten.

»Uhhh! Welch ein Mief!«, stieß Anja Thörnlund hervor und hielt sich die Nase zu. »Das riecht, als hätte jemand seine nassen Socken in einen vollen Kühlschrank gepackt, auf Abtauen gestellt und wäre dann in Urlaub gefahren.«

»Wir lassen am besten das Fahrzeug als Ganzes wegnehmen«, meinte Lindström.

Malte Stormquist überlegte. »Eine Alternative wäre,

die Stelle observieren zu lassen. So wie es aussieht, steht der Wagen schon länger und der Besitzer ist mit dem Fahrrad unterwegs. Er muss ja irgendwann mal die Klamotten wechseln.«

Lindström beugte sich in den Wagen. »Siehst du hier noch frische Sachen, ich nicht. Das sind auch nur noch Reste von Essen. Hier kann er sich nicht versorgen. Die Fahrradspuren sind auch nicht ganz frisch. Ich denke, der hat seinen Stützpunkt hier aufgegeben.«

»Jetzt suchen wir also nach einem Fahrradfahrer oder einem Anhalter. Das macht es nicht gerade leichter.«

Lindström sah ihn mit angehobenen Brauen an.

»Ist an diesem Fall irgendetwas leicht und geradlinig, Malte?«

*

Eine halbe Stunde danach stand der Passat auf der Ladefläche eines Abschleppwagens. Drei Stunden später war das Fahrzeug in einer großen Halle in Åmål und der Inhalt auf einer Plane sorgfältig ausgebreitet.

»Siehst du, was ich sehe?« Malte Stormquist blickte abwechselnd auf den Fahrzeuginhalt und auf Lindström.

»Ich sehe da die schon bekannte Dorfchronik. Was hat das nun schon wieder zu bedeuten? Haben wir hier nur das Fahrzeug eines historisch Interessierten abgeschleppt, von einem vielleicht, der irgendwann aus Schweden ausgewandert ist?«

»Wir brauchen umgehend DNA-Analysen. Hier dürfte an Essens- und Kleidungsresten genug zu finden sein.«

»Wie lange brauchen die in Stockholm dazu?«

»Jetzt geht das in 72 Stunden. In der Urlaubszeit hätte es zwei Wochen gedauert.«

»Habe ich dir mal die Geschichte erzählt, als ich mir im Sommer einen Splitter in den Finger gerammt habe?«, plauderte Lindström. »Da trauten die sich in der Ambulanz nicht ran und schickten mich nach Uddevalla. Das sind 100 Kilometer. Die waren aber wegen Urlaubszeit unterbesetzt. Nach drei Stunden kam endlich ein türkischer Arzt und sagte, ich solle die Hand in Seifenwasser baden. Es würde schon wieder gut werden. Ach ja, dann meinte er noch, ich solle einen Raki zum Desinfizieren drüber schütten, und dann ...«

»Ja, Sven. Du hast mir die Geschichte vor zwölf Jahren erzählt. Aber da war es nicht Uddevalla, sondern Nyköping. Aber ist ja gleich. Du hast ja so recht.«

Lindström blickte beschämt auf seine Schuhspitzen.

»Ach ja!«, wandte sich Malte Stormquist plötzlich um. »Hast du das mit dem Raki gemacht?«

»Geschüttet hab' ich ihn, ja, aber nicht über den Finger.«

Malte Stormquist konnte über die schon bekannte Geschichte Lindströms nicht mehr lachen, sondern sagte: »Diese Dorfchronik macht mir zu schaffen. Nehmen wir an, der Wagen ist ‚Carlo' zuzuordnen, was lässt sich daraus schließen?«

»Er muss die Chronik von diesem Leifsson haben, entweder per Post bestellt oder bei ihm persönlich gekauft«, sagte Lindström. »Mehr kannst du daraus nicht ableiten.

Der sagte ja selber, dass viele sie gekauft hätten.«

»Aber keiner gibt ohne Grund 500 Kronen für solch einen Schinken aus, zumindest kein Tourist.«

»Er müsste Schwedisch können.«

»Oder Dänisch, dann kannst du auch einigermaßen Schwedisch lesen.«

»Und er müsste ein Interesse für den Inhalt haben.«

»Ganz richtig!« bestätigte Malte Stormquist. »Der Typ, der in dieser stinkenden Hütte gehaust hat, ist keiner, der aus Forschungsgründen das Teil gekauft hat. Der kann sich, sieh dir die Essensreste an, kaum einen Hamburger bei Mc leisten, aber diese Chronik.«

»Du glaubst«, sagte Sven Lindström zweifelnd, »der hat sich seine Zielpersonen aus dem Buch ausgesucht?«

»Der wird nicht blind mit dem Messer reingestochen, eine Seite aufgeschlagen und gesagt haben: ‚Den da nehm’ ich.‘ Der hatte was im Hinterkopf und hier weitere Informationen gesucht und gefunden.«

Sie stöberten weiter in den ausgebreiteten Utensilien.

»Ich sehe nichts Blutbeflecktes hier«, sinnierte Lindström.

»Was darauf hindeutet«, meinte Stormquist, »dass er nach Feldts Überfall mit dem Hundebiss hier nicht mehr herkam. Immer vorausgesetzt, wir binden den Wagen an unseren ‚Carlo’, hat er das Fahrzeug schon vorher aufgegeben.«

»Was ist mit dem Tankinhalt?«, fragte Lindström einen der Techniker.

»So gut wie leer«, kam die lakonische Antwort.

»Da hast du es, Malte. Dem ist der Sprit ausgegangen und das Geld. Der ist völlig am Ende. Und das könnte unsere Chance sein.«

Im Hintergrund läutete das Telefon.

»Ich geh schon ran«, sagte Stormquist und schlenderte zu dem Apparat.

Lindström sah, wie Stormquist zunehmend nervös wurde, auflegte und dann zum Faxgerät eilte. Minuten später kam er mit mehreren Ausdrucken zurück.

»Sieh dir das hier an. Die DNA-Analyse von Herenstams Überfall. Wir beide müssen uns den Leifsson noch mal vornehmen.«

*

Eine Stunde später klopften sie an Leifssons Tür. Seine Frau öffnete. Lindström und Stormquist warteten nicht, bis sie hereingebeten wurden, sondern betraten umgehend die Wohnung, in der Hand den Laborbericht.

Leifsson saß vor dem Fernseher und schaute sich eine Natursendung an.

»Wir müssen noch mal stören«, sagte Stormquist ohne Gruß. »Wir haben eine DNA-Analyse von Tatortspuren machen lassen.«

Leifssons Blick wurde ängstlich. Lindström blickte auf den Bericht in seiner Hand.

»Wenn ich das hier richtig interpretiere«, fuhr Lindström fort, »weisen die DNA-Analysen übereinstimmende Merkmale vom Täter und dem Herenstam auf.«

»Das heißt, der Herenstam war mit dem Täter verwandt«, ergänzte Stormquist.

»Die Verwandtschaftsbeziehung kann weit zurückliegen, auch über mehrere Generationen hinweg.« Lindström hatte das wie eine Frage formuliert.

Leifsson druckste herum, sah verunsichert seine Frau an, die sich wegwandte. »Also, wir hatten da etwas vergessen zu erzählen. Meine Frau meinte ...«

Anna Leifsson fuhr dazwischen. »Jetzt fang nicht schon wieder damit an!«

»Also, kurz gesagt. Da war ein junger Mann bei uns«, fuhr der Alte fort.

»Na, so jung war er auch nicht mehr«, unterbrach sie. Leifsson versuchte weiterzureden. »Er war um die 30. Ganz freundlich ...«

Doch seine Frau ließ ihn nicht ausreden. »Aber auch etwas merkwürdig. Hatte so Ticks, wisst ihr, so Zuckungen manchmal.«

Leifsson sah seine Frau genervt an. »Darf ich jetzt mal zu Ende erzählen? Dieser Mann, er war ein Deutscher, wollte alles über Röpecka wissen.«

Lindström sah ihn verwundert an. »Röpecka, wer ist das?«

»Röpecka war eine Frau. Die lebte vor 150 Jahren bei uns in der Gegend. Sie war ...«

» ... eine Dirne, trieb es mit mehreren Männern«, unterbrach ihn seine Frau.

Leifsson resignierte. »Na, gut. Sie war, wie man damals sagte, eine Herumtreiberin. Ihren Vater nannten sie Röde Per. Der war auch nicht sesshaft, hatte Vaterschaftsklagen am Hals und so weiter.«

Seine Frau fuhr ihn an. »Nun komm doch zur Sache!«

»Na, also diese Röpecka hatte sechs Kinder, jedes von einem anderen, soweit man weiß. Bei einem war das nicht ganz klar. Das machte sie in der Gegend nicht gerade beliebt, besonders nicht bei den Frauen.«

»Im Gegensatz zu einigen Männern«, kommentierte die Frau.

Leifsson versuchte fortzufahren. »Schließlich wurde sie von den Frauen im Dorf mit ihrer Tochter Elisabeth in den Wald gejagt. Das steht auch in der Dorfchronik.«

Anna Leifsson sah die Beamten herausfordernd an. »Röpecka war ein Spitzname, eigentlich hieß sie Elisabeth Maria Persdotter. Ein so schöner Name und ein so loses Weib.«

Lindström konnte seinen Ärger über die Frau nicht mehr verbergen. »Ja, nun, was hat das mit dem Deutschen zu tun?«

Auch Leifsson war zunehmend genervt.

»Er interessierte sich eben für sie. Er kam vor einigen Wochen und hat die Chronik gekauft.«

Lindström wunderte sich. »Wieso wusste der von der Chronik?«

»Na, ja, ich hab' eine Internetseite.«

»Ich verstehe aber immer noch nicht.«

Leifssons Frau machte eine abschätzige Geste.

»Anders drückt sich manchmal etwas umständlich aus. Er redet so wie er auch schreibt.«

Leifsson wirkte beschämt. »Euer Bericht da hat recht. Nicht nur der Herenstam, alle Opfer dieses Mörders waren Nachfahren von Röpeckas Männern, also den Vätern ihrer Kinder.«

»Wie viele Kinder, sagtet ihr, hatte diese Frau?«, wollte Lindström wissen.

»Sechs. Aber nur zwei erreichten das Erwachsenenalter, ein Junge und diese Elisabeth«, sagte Anna Leifsson jetzt betont sachlich.

Und ihr Mann ergänzte: »Der Sohn verschwand merkwürdigerweise aus den Kirchenbüchern. Deshalb wissen wir auch nichts über die Vaterschaft.«

»Weiß man, wer der Vater dieser Elisabeth war?«

Leifsson zögerte.

»Ein Herenstam.«

Stormquist ließ sich auf einen Sessel fallen und atmete hörbar aus.

»Uff. Da hätten wir uns die DNA-Analyse sparen können. Wenn einer der Nachfahren wirklich unser Täter ist und sich die Kindeskinder von Röpeckas Männern ausgesucht hat, müssen wir mit dem Schlimmsten rechnen.«

Jetzt setzte sich auch Lindström. »Ja, mit zwei weiteren Opfern.«

Leifsson wandte sich Lindström zu. »Vielleicht doch nicht.«

»Nein?«

»Ja, einer der Kindesväter war Ende 1900 ausgewandert, keiner weiß wohin. Für mein Buch habe ich versucht das zu recherchieren. Aber die Spur verliert sich. Einer der anderen Kindesväter soll ein Knecht gewesen sein, der bei den Herenstams lebte, Pettersson hieß der. Da gab es aber damals Zweifel an dessen Vaterschaft. Das steht auch in meinem Buch. Dieser Knecht war dummerweise verheiratet. Er hätte allerdings vor Gericht schwören können, dass er keinen Ehebruch begangen hat.«

»Und? Hat er?«, fragte Lindström.

»Tja! Wegen angeblicher Unzurechnungsfähigkeit versagte man dem Pettersson aber den Eid und verurteilte ihn zur Vaterschaft.«

Lindström saß jetzt kerzengerade in dem unbequemen Sessel. »Verrückte Geschichte. Lässt also die Möglichkeit offen, dass der Knecht nur vorgeschickt wurde, um die wahre Vaterschaft zu verschleiern. Aber dennoch, was ist mit den Nachfahren dieses Pettersson?«

»Der letzte seiner Nachfahren lebte hier bis vor einem Jahr. Da ist er gestorben.«

»Und das steht auch in deinem Buch.«

»Über den Pettersson ja, aber nicht, dass der jetzige gestorben ist. Das Buch ist schon vor zwei Jahren erschienen, da lebte er noch.«

Lindström sah Stormquist an und hob die Augenbrauen. »Könnte aber auch sein, dass der Herenstam ein zweites Mal bei Röpecka hingelangt hat.«

»Das wäre gut für uns«, meinte Stormquist. »Den Herenstam kann man nicht ein zweites Mal töten.«

Lindström nickte. »Damit wäre, wenn unsere Annahmen richtig sind, kein mögliches Opfer mehr am Leben oder auffindbar. Was kannst du noch über den Deutschen sagen?«

»Der interessierte sich auf jeden Fall für Röpecka und ihre Geschichte. Er wollte auch unbedingt wissen, wo diese Frau mit ihrer Tochter in den Wald vertrieben wurde.«

Lindström blickte nachdenklich zur Decke, dann auf den Alten.

»Na, ja, es gibt da keinen Weg hin«, sagte Leifsson. »Aber er hatte eine Karte. Da hab ich ihm die Stelle eingezeichnet.«

Lindström war jetzt aufgestanden. »Ich möchte mir die Stelle mal ansehen. Führst du mich hin?«

Leifsson sah sich Lindström von oben bis unten an. Sein Blick heftete sich auf Lindströms Straßenschuhe. »Aber nicht mit diesen Schuhen.«

Als sein Blick auf Stormquists feste Halbschuhe fiel, nickte er.

*

Eine halbe Stunde später kämpften sich Lindström, Stormquist und Leifsson durch den urtümlichen Wald einen steilen Hang hinauf. Lindström trug Leifssons Gummistiefel, die ihm die Zehen einquetschten.

Er versuchte mit dem Alten Schritt zu halten. »Wie habt ihr euch mit diesem Deutschen verständigt?«

»Na, ja. Ich habe in der Schule etwas Deutsch gelernt. Er hat gesagt, dass er auf einer dänischen Schule in Deutschland war und deshalb Schwedisch zumindest lesen und verstehen kann.«

Der Weg führte durch uralten Wald. Dann mussten sie sich durch hohes Gras und verwachsene Büsche winden. Stormquist hatte die ersten Peitschenhiebe ins Gesicht bekommen und fluchte. Leifsson führte sie an einer steilen Felskante entlang, die irgendwo in der Tiefe an einem Bach endete, dessen Gemurmel zu ihnen hinauf drang. Auch rechts von ihnen ragten zerklüftete Felsen, auf denen sich krüppelige Kiefern festkrallten, in die Höhe.

Leifsson hielt inne. Sie hatten ein kleines Plateau erreicht, das von ciner Felswand begrenzt wurde.

»Hier war das«, sagte er unvermittelt. »Hier verkroch sich Röpecka mit ihrer Tochter, nachdem sie verjagt worden waren.«

Stormquist und Lindström blickten sich, noch immer nach Luft ringend, um.

»Ich kann mir nicht vorstellen, wie die sich hier ernährt haben. Selbst zum Wasserholen mussten sie den steilen Hang ein paar hundert Meter runter«, meinte Lindström.

Stormquist sah fast ehrfürchtig auf die winzige freie Fläche. »Ich kann es mir auch nicht vorstellen. Vielleicht gab es Leute, die ihnen heimlich etwas gebracht haben, besonders im Winter.«

Leifsson zuckte die Schultern. »Nach mündlichen Berichten soll Röpecka drei Jahre hier mit ihrer Tochter gehaust haben.«

*

Während sie den unwegsamen Pfad zurückgingen, sagte Lindström: »Ein Wahnsinn. Und dieser Deutsche kannte die Geschichte aus deinem Buch?«

»Im Gegensatz zu uns«, zischte Stormquist ärgerlich.

»Selbst wenn ich es gelesen hätte, Malte, ein Zusammenhang mit den Morden? Es ist nur eine Theorie. Diese Geschichte ist so abstrus.«

»So außergewöhnlich nun wieder nicht. Siehst du das dort?« Leifsson deutete auf einen von Moos überdeckten Steinhaufen.

»Wo?« Lindström versuchte dem Fingerzeig zu folgen.

»Na, hier vor dir. Es sind die Reste der Hütte einer Frau, die zur Zeit Röpeckas hier lebte und ein Kind bekam. Sie gab den Kirchenvorsteher unten im Ort als den Vater an. Der weigerte sich das anzuerkennen. Es kam zu einer Gerichtsverhandlung und er konnte sich freischwören.«

»Das habe ich doch schon mal gehört«, sagte Lindström.

»Ja! Er behauptete, sie nur ein paar Mal über den See gerudert zu haben, sonst sei nichts zwischen ihnen gewesen. Die Richter glaubten ihm. Er war eine angesehene Person im Ort.«

»Im Gegensatz zu diesem, diesem ...«

»... Pettersson. ja! Daraufhin nahm die Frau das Kind, ruderte selbst auf den See und ertränkte es. Sie wurde wegen Mordes angeklagt und kam in die, heute würde man Psychiatrie dazu sagen. Als sie frei kam, lauerte sie dem Kirchenvorsteher auf und erstach ihn. Unfassbar, wie ein Mensch zu so einem Hass fähig sein kann. Ja, nur daran zu denken, kaum vorstellbar.«

Lindström schaute betreten zur Seite.

»Oh, doch! Ich kann mir das vorstellen.«

Es entstand eine Pause. Lindström schaute auf den Boden. Stormquist blickte Lindström fragend an.

Auch Leifsson war nachdenklich geworden.

»Es sind viele unschöne Dinge in jener Zeit geschehen. Es gibt noch mehr Steinhaufen, die eine Geschichte erzählen könnten.«

Lindström hatte sich wieder gefasst. »Aber, wo sind

die Nachkommen dieser Menschen jetzt?«

»Oh, einige kenne ich, das Internet ist voll von ihnen, in Norwegen, in Amerika, überall sind sie hin, um das hier loszuwerden.«

*

Als Malte Stormquist und Sven Lindström wieder im Wagen saßen, seufzte Lindström. »Das ist es also, was die beiden uns beim ersten Besuch nicht erzählt hatten. Ahnten die einen möglichen Zusammenhang mit den Morden?«

»Die hatten Angst davor, dass wir einen Zusammenhang sehen könnten.«

»Die werden keine ruhige Nacht haben, die beiden.«

Stormquist lenkte den Wagen zurück auf die Landstraße 164.

»Mir geht die Sache mit dem Pettersson nicht aus dem Kopf. Aus Carlos Sicht wäre ein Nachfahre ein mögliches Opfer. Wenn er Leifssons Buch als Vorlage verwendet, muss er glauben, dass ein Pettersson noch existieren könnte.«

Stormquist sah Lindström nur kurz an und griff nach dem Telefon. »Leifsson, sag uns doch, wo der Pettersson wohnte, bevor er starb. Es steht ja in deinem Buch.«

»Lindström! Schreib mal mit. ‚Lillekasen‘, hinter dem Hof ‚Rohagen‘.«

»Das ist er«, sagte Lindström fast euphorisch.

»Das ist was?« Stormquist schaute verständnislos.

»Das ist unser Lockvogel.«

Stormquist bremste scharf und fuhr den Wagen an den Straßenrand.

»Okay, ich wende. Wir sehen uns das Haus an. Vielleicht ist das unsere Chance.«

Stormquist tippte die Adresse in das Navi ein. Das Haus war nur zwei Kilometer von ihrem Standort und wenige hundert Meter von Herenstams Hof entfernt.

*

Es dämmerte schon, als sie den Hofplatz erreichten. Kein Licht drang aus dem bescheidenen, rotgemalten Holzhaus.

»Das sieht nicht aus, als ob das nach Petterssons Tod jemand übernommen hätte. Wir müssen herausbekommen, wer die Erben sind, Thörnlund kann das machen. Ich hoffe nur, Carlo war nicht schon hier und hat das leere Haus gesehen.«

»Zumindest wirkt es nicht völlig verlassen. Keine zugezogenen Vorhänge, der Garten nicht vergammelt. Irgendjemand scheint sich darum gekümmert zu haben.«

Lindström wandte sich vom Haus weg und zeigte auf das Auto.

»Lass uns zurück ins Büro. Wir müssen nach Leifssons Beschreibung ein Phantombild von Carlo anfertigen lassen und den dann zur Fahndung ausschreiben. Das können wir jetzt nicht mehr zurückstellen.«

*

Sie mussten bis zum Morgen warten, ehe die Fahndung rausging. Anja Thörnlund hatte eine Schwester von Pettersson ausfindig gemacht und ihr vorsichtig erklärt, dass die Polizei das Haus für ein paar Tage übernehmen wolle. Die Schwester verzichtete glücklicherweise auf die Nachfrage nach den Gründen. Vielleicht hoffte sie, auf diese Weise Interessenten für die Kate zu finden.

Krantz organisierte mit Hilfe einer Filmfirma, das Haus so herzurichten, dass es bewohnt wirkte.

Als Lindström und Stormquist am folgenden Nachmittag dort ankamen, waren sie von der Wirkung überrascht. Vor der Tür standen verschmutzte Schuhe, eine alte Axt lehnte an der Wand. Der Holzschuppen stand offen. Neben dem Haus war ein alter Saab abgestellt. Es fehlte nur noch, dass jemand aus dem Haus trat. Vorsorglich hatte man auch den Telefonanschluss wieder aktiviert. Zeitschaltuhren würden gegen Abend Leben im Haus vortäuschen. Überwachungskameras beobachteten unauffällig das Gelände.

»Eine perfekte Kulisse«, staunte Lindström. »Das erlebe ich auch zum ersten Mal.«

»Nicht schlecht«, rang sich Stormquist auf seine Art die Bewunderung ab. »Vielleicht sollten wir noch eine Puppe vor den Fernseher setzen.«

»Dir wird dein Sarkasmus noch vergehen, fürchte ich«, sagte Lindström bitter. »Besonders, wenn das Ganze ein Flopp wird und die Revision dir aufs Dach steigt wegen der Kosten für den Klamauk.«

Zufrieden, aber auch gespannt fuhren sie nach Åmål.

»Nichts«, sagte der Beamte lakonisch, als Stormquist am nächsten Morgen nach dem Befund der Nacht fragte.

»Eine Katze, ein Marder. Die haben sich über das Futter hergemacht, das die Spezialisten vor die Tür gestellt hatten.«

»Aber ich habe was«, sagte Krantz und wedelte mit einem Schriftstück. »Ich habe im Internet recherchiert, während ihr die Filmkulisse bewundert habt.«

Alle sahen den Kollegen erwartungsvoll an.

»Deutscher, der eine dänische Schule besucht hat, so war's doch laut Leifsson?«

»Ja, richtig«, sagte Lindström.

»Das gibt es nur in Norddeutschland, in Schleswig-Holstein, nahe der dänischen Grenze. Das war mal früher dänisch und jetzt hat die dänische Minderheit das Recht, eigene Schulen …«

»Keine Vorlesung bitte«, stöhnte Stormquist.

»Also, dieser Carlo kommt vermutlich aus der Ecke.«

»Worauf wartest du noch«, sagte Malte Stormquist. »Mach eine Anfrage bei den Behörden dort. Schicke ihnen die DNA-Analyse und das Phantombild. Vielleicht hat der ja mal dort Sauerkraut geklaut und die haben seine Daten.«

In den nächsten Tagen geschah erst einmal nichts bei Lillekasen.

*

Am Sonntag fand Lindström nach langer Pause Zeit, sein Tagebuch zu ergänzen. Zum ersten Mal war die Außentemperatur unter null gesunken. Der Winter kündigte sich an. Noch hingen vereinzelt Blätter an den Espen, während die Birken bereits entlaubt waren. Es würde sein zweiter Winter in dem Waldhaus werden. Am Vormittag hatte ihm ein Waldbauer zehn Kubikmeter gespaltenes Birkenholz geliefert, das jetzt als Riesenberg vor seinem Schuppen lag. Am Abend hatte er mit dem Einräumen begonnen und war anschließend todmüde ins Bett gesunken.

Am Morgen war er schweißnass aufgewacht. Sein immer wiederkehrender Traum hatte ihn verfolgt. Er hatte Anna gefesselt auf den Balken des Hauses gesehen. Diesmal hatte Stormquist neben ihm gestanden und gesagt ,Schneid sie doch los!'. Er beugte sich über sie, streckte die Hände aus, aber konnte kein Messer finden, um die Fesseln zu durchschneiden. Immer wieder tastete er danach, aber konnte nichts greifen.

Dann wachte er auf. Er brauchte Minuten, um in die Wirklichkeit zurückzufinden.

Das Schrillen des Telefons hatte ihn geweckt.

Es war Anja Thörnlund, die Wochenenddienst hatte.

»Da war einer in der Nähe von Petterssons Haus. Ich schicke dir die Videoaufnahmen per Mail. Da musst du nicht herkommen.«

Noch im Schlafanzug setzte sich Lindström vor den Computer und fuhr ihn hoch. Es dauerte Minuten, bis er die Datei heruntergeladen hatte.

Es war eine schwarz-weiß Infrarotaufnahme, also musste es nachts gewesen sein. Zuerst sah man das Haus und den weiten Hofplatz. Dann tauchte eine graue Gestalt in einer Kapuzenjacke auf, die mit einigem Abstand um das Haus schlich. Aus dem Haus selbst drang zur Zeit der Aufnahme kein Licht, so war es auch geplant.

»Dreh dich endlich um!«, zischte Lindström. Aber der Fremde tat ihm den Gefallen nicht. Die Kapuze war weit ins Gesicht hineingezogen. Aber immerhin konnte man Rückschlüsse auf Größe und Körperhaltung ziehen, mehr aber auch nicht. Dann verschwand die Gestalt.

Lindström lehnte sich zurück und dachte nach.

»Der Köder ist angenommen, aber die Falle hat nicht zugeschnappt.«

Er zog sich an und rief danach Malte Stormquist an.

»Ja, ja. Ich hab's auch gesehen. Was machen wir jetzt?«, fragte der.

»Wir warten 24 Stunden und kontakten ihn dann.«

»Was sollen wir ihm sagen? Hallo, Mörder, wir haben dich gesehen. Bist eine traurige Gestalt. Kannst du nicht mal die Kapuze wegnehmen, damit wir deine Visage sehen können?«

»Ja, genau so«, sagte Lindström. »Nein, lass uns morgen früh darüber reden. Ich muss noch meine Memoiren zu Ende schreiben.«

»Herrgott, du willst doch nicht etwa …«

Lindström lachte. »Keine Angst, es wird kein Enthüllungsroman. Sei froh!«

*

Das Büro war von fahler Herbstsonne durchflutet. Lindström, Stormquist und Thörnlund saßen zurückgelehnt und hatten jeder einen Kaffeebecher in der Hand.

»Schon was von den deutschen Behörden?«, fragte Lindström.

»Wo denkst du hin? Die hatten ihren Nationalfeiertag. Die soffen gestern auf den Untergang der DDR. Vor wie vielen Jahren war das?«, fragte Stormquist.

»Die Bilder!«, mahnte Lindström.

»Der Kapuzenmann. Was erzählen wir dem?« Stormquist zeigte auf das Standbild des Computerschirmes.

»Es gibt zwei Alternativen«, sagte Lindström. »Nummer eins: Wir sagen ihm die Wahrheit, nämlich, dass er mit der Tötung Herenstams seinen Ur-Erzeuger beseitigt und damit sein Ziel erreicht hat.«

»Dann reist der ab und wir gehen leer aus.«

»Vermutlich. Alternative zwei: Wir deuten an, dass ein Pettersson sein Ur-Vater war und hoffen, dass er versucht, dort noch einmal zuzuschlagen.«

»Wenn er einigermaßen intelligent ist, durchschaut er das Manöver«, gab Thörnlund zu bedenken.

»Klugheit schützt vor Paranoia nicht. Und ich denke, er ist paranoid, verbohrt in den Gedanken, dass einer dieser Männer vor hundert Jahren verantwortlich für das Scheißleben seiner Familie ist.«

Anja Thörnlund tippte auf den Computerschirm. »Wir fragen ihn einfach.«

»Fragen?« Stormquist sah sie zweifelnd an.

»Ja, fragen: ›Warum bist du nach Schweden gekommen? Was meinst du damit ‚Ich muss das aufhören‘?«

»Na, ja«, sagte Malte Stormquist. »Du hast die neuere Ausbildung.«

»Ach, jetzt auf einmal soll die zu etwas gut sein!«

»Lass nach«, mahnte Sven Lindström. »Die Idee ist nicht schlecht, wenn wir davon ausgehen, dass er kommunizieren will. Anja, du machst das in deinem besten Deutsch, jetzt gleich.«

Anja Thörnlund setzte sich an den Computer und schrieb an die Mailadresse, von der sie seine letzte Mitteilung bekommen hatten.

Hallo, Carlo, du hast gesagt, ich muss das aufhören. Hast du es aufgehört. Sag was! Anja

»Ist das alles?« Stormquist sah sie zweifelnd an.

»Weniger ist mehr. Alles Gequatsche bringt ihn vom Thema ab.«

Lindström stimmte ihr zu. »Ich glaube, das ist genau der Ton, den er versteht. Wir werden ja sehen, was geschieht.«

Anja Thörnlund klickte auf SENDEN.

Sie hatten ihre Kaffeebecher noch nicht ausgetrunken, als ein Signalton den Eingang einer Mail ankündigte. Alle Drei stürzten zum Computer und sahen gebannt auf den Monitor.

Hallo, Anja. Wie soll ich das wissen. Es hört nicht auf, bis alle Schweine weg sind. Weiß ich, ob es fünf oder sechs waren. Dieser Schreiber von dem Buch weiß es selbst nicht.

»Es hat wirklich funktioniert«, staunte Stormquist. »Der redet mit uns.«

»So, jetzt kommen wir mit der Botschaft«, sagte Lindström. Sie sahen ihn erwartungsvoll an.

»Schreib Anja: ‚Aber wir wissen es. Du hast Recht. Alle, die du getötet hast, waren mit Röpecka zusammen, aber keiner, von denen, die du getötet hast, war dein Ur-Vater. Alles war umsonst.‘ Schick das ab!«

»Meinst du wirklich?«, zweifelte Anja.

»Was wird er daraus folgern? Doch nur, dass er einen verpasst hat, den Pettersson«, sagte Lindström.

»Soll ich wirklich auf SENDEN klicken?«

»Mach schon!«, bestimmte Stormquist.

Anja Thörnlund gehorchte. Die Mail ging raus.

»Jetzt können wir nur hoffen. Malte, organisiere, dass das SEK bereit ist, falls er auftaucht. Das Haus darf keine Minute ohne Bewachung sein. Wenn jetzt einer pennt, war alles umsonst.«

»Darauf kannst du dich verlassen. Der kommt da hin, aber nicht mehr zurück.«

»Schick mal einen raus, Malte, und lass paar Gegenstände umstellen, vielleicht auch das Auto anders platzieren und das Radio im Obergeschoss anstellen, schön laut. Der muss sicher sein, dass da jemand im Haus ist.«

Malte Stormquist nickte.

※

Der Nationalfeiertag hatte die Deutschen nicht daran gehindert, tätig zu werden, nach einer Woche zumindest.

Auf dem Schreibtisch von Malte Stormquist lag ein dickes Bündel Ausdrucke, deren Blätter jetzt von Hand zu Hand gingen.

»Ha«, triumphierte Stormquist. »Endlich ein Foto.«

»Oh, was eine traurige Figur«, sagte Anja Thörnlund mitfühlend. »Wohnt in Flensburg. Mutter Prostituierte. Mehrfach vorbestraft wegen kleiner Delikte, Drogenkonsum, Diebstähle, Schlägereien. Nichts Dramatisches. Passt gar nicht zu dem, was er hier macht.«

»Gib mal bitte her«, sagte Lindström und überflog die Papiere. »Das ist nicht nur ein Bericht der Polizei. Da sind auch Auszüge aus Aufzeichnungen des Jugendamtes. Ist vorwiegend bei der Großmutter aufgewachsen, ebenfalls ehemalige Prostituierte, Schulversagen, die ganze Palette.«

»Aber Mord?«

»Nach den Unterlagen nichts, was auf eine solche Tat hindeuten würde.«

Anja Thörnlund nahm die Blätter zurück und vertiefte sich darin.

»Nein, kein Hinweis, der uns wirklich weiterhilft, außer, dass sie nicht alle Daten rausgeben dürfen, aus Datenschutzgründen, bla, bla.«

»Was tun?« Stormquist zuckte die Achseln.

»Warten auf Lillakasen.«

Sie saßen beim letzten Kaffee des Tages, als alle Handys gleichzeitig das bekannte SMS-Klingeln ertönen ließen.

Verdächtiger Radfahrer in der Nähe von Rohagen gesichtet. SEK informiert.

Elektrisiert sprangen Lindström, Stormquist und Thörnlund auf und hasteten in die Zentrale.

Der Beamte dort war die Ruhe selbst. »Die Nachricht kommt von einer Streife, die auf der 164 fuhr. Der Gesuchte ist in Richtung Rohagen, Lillekasen abgebogen.«

Lindström schaute auf die Uhr. Es war kurz vor 18 Uhr, draußen bereits dämmrig.

»Walte deines Amtes«, sagte Lindström.

Malte Stormquist nickte. »Anja, du bleibst an den Monitoren und gibst jede Bewegung an uns durch. Die Leute vom SEK bekommen von mir die Informationen. Wir nehmen den Krantz noch mit. Wo ist der eigentlich?«

Stefan Krantz kam mit seiner Beinschiene ins Büro gehumpelt. »Du kannst später im Wagen bleiben, falls wir raus müssen. Wir nehmen den Opel, der fällt am wenigsten auf.«

∗

Minuten später bogen sie bei Åmål auf die 164 und brauchten für die 20 Kilometer keine 15 Minuten. Als sie sich der Abfahrt zum Schotterweg nach Lillekasen näherten, ging Stormquist auf Schleichfahrt.

»Was ist mit dem SEK?«, fragte Lindström.

»Die kommen von der anderen Seite durch den Wald auf das Haus zu. So ist es geplant. Die sollen sich endlich mal melden.«

Es dauerte noch zehn Minuten, bis der Kontakt zu den Kollegen zustande kam.

»Wir sind in Position«, quakte es aus dem Polizeifunk. »Nichts zu sehen. Wir halten die Stellung.«

Dann meldete sich Anja auf Stormquists Handy.

»Gerade haben die Kameras auf Nachtsicht umgeschaltet. Nur schwarz-weiß Bild, keine Bewegung zu sehen. Doch jetzt!« sagte sie erregt. »Da schiebt einer in aller Ruhe ein Fahrrad über den Hof.«

Fast gleichzeitig meldete sich das SEK.

»Die verdächtige Person nähert sich mit einem Fahrrad dem Haus. Sollen wir zugreifen?«

»Nein!« rief Stormquist schnell in das Mikrofon. «Bleibt, wo ihr seid!«

Lindström sah fragend zu Malte hin.

»Der soll etwas tun, was uns einen Beweis für eine Tatabsicht liefert. Wenn wir später vor Gericht sagen, ,da ist der mutmaßliche Täter in der Gegend Fahrrad gefahren', lachen die uns aus.«

Lindström nickte. »Fahr' doch mit dem Wagen näher ran. Auf hundert Meter wird er uns kaum hören können.«

Stormquist rollte fast im Leerlauf den Kiesweg in Richtung Lillekasen.

Dann war wieder Anja am Apparat. »Er hat das Fahrrad am Holzschuppen abgestellt und geht um das Haus, versucht in ein Fenster zu schauen.«

»Da wird er nichts sehen«, brummte Stormquist.

»Er soll glauben, der Pettersson sitzt oben und hört Radio.«

»Jetzt sehe ich nichts mehr«, meldete sich Anja Thörnlund mit unsicherer Stimme.

»Was heißt das?«, presste Stormquist hervor.

136

»Da ist so ein toter Winkel direkt am Haus. Ich kann ihn nicht sehen.«

»Verdammte Scheiße!«, fluchte Stormquist. Dann brüllte er »ZUGRIFF!« ins Mikrofon. Gleichzeitig trat er das Gaspedal voll durch.

Der Opel raste über den schlingrigen Waldweg auf Lillekasen zu. Die Leute vom SEK stürmten über den Hofplatz auf die Kate zu und umringten sie. Das Fahrrad stand angelehnt an dem Holzschuppen, zwanzig Schritte vom Haus entfernt.

Lindström und Stormquist sprangen aus dem Opel und starrten auf das Haus.

Der Einsatzleiter kam achselzuckend auf die beiden zu. »Nichts. Das Zielobjekt ist abgängig.«

»Abgängig!«, schrie Stormquist. »Was für eine Scheiße!«

Er sah sich um. Dichter Wald wuchs bis an das Haus heran. Die Nacht war inzwischen pechschwarz. Nach einer Minute schoben sich wie zum Hohn die Wolken zur Seite und gaben die blendend helle Mondscheibe frei.

Jetzt erst nahmen sie Geräusche aus dem Haus wahr. Das Radio tönte aus dem Obergeschoss.

»Und zum Abschluss der Nachrichten noch einmal die wichtigsten Meldungen in der Zusammenfassung. Noch immer wird ein ca. 30-jähriger Deutscher wegen dringenden Tatverdachtes, verantwortlich für drei Morde in der Region um Hasselskog, gesucht - Außenminister Borg besuchte heute den Iran, um im Atomkonflikt zu vermitteln - Und nun zum Wetter.«

Lindström war in die Hocke gegangen und vergrub sein Gesicht in den Händen.

»Warum arbeitet die Vorsehung immer für die Falschen«, jammerte Stormquist und trat mit der Schuhspitze heftig in den lockeren Kies.

»Wer hat nur diesen Piratensender auf dem Radio eingestellt, verdammt. Der Staatsrundfunk hat uns versprochen, keine Nachrichten über Carlo zu verbreiten.«

Die SEK-Leute hatten ihre Helme abgenommen und standen verschwitzt und ratlos um die Beiden herum.

»Was hat der eigentlich angestellt?«, fragte einer der jungen Beamten.

Stormquist sah ihn fassungslos an. »Siehst du doch. Er hat ein Fahrrad geklaut.«

*

»Jetzt haben wir die Kacke aber meterdick am Schuh«, fluchte Stormquist. »Jetzt rastet der endgültig aus.«

Betretenes Schweigen bei den Umstehenden.

»Dieses verfluchte sechste Kind. Leifssons Schilderungen sind so vage, dass wir damit rechnen müssen, dass Carlo weitersucht nach dem vermeintlichen Erzeuger. Ich sehe nur eine Möglichkeit, das definitiv herauszufinden. Es muss jemand für die Nachforschungen nach Deutschland.«

»Und an wen hast du da gedacht?« fragte Anja Thörnlund unsicher.

»Tja! Da werden wir unseren Profiler wohl ziehen lassen müssen«, sagte Malte Stormquist mit ironischem Unterton.

Thörnlund sah etwas verschämt zu Boden.

»Tu nicht so! Du weißt, dass Du die einzige bist, die gut Deutsch kann und das richtige Einfühlungsvermögen hat.«

Anja Thörnlund wurde rot. »Okay, wann?«

Stormquist sah Lindström fragend an.

»Einen Tag hast du noch. Fahr übermorgen mit der STENA nach Kiel, dann irgendwie weiter nach Flensburg.«

»Wir können hier nur noch auf einen Fahndungserfolg hoffen«, sagte Lindström resigniert.

»Ich muss mal abschalten«, sagte Malte Stormquist zu Sven Lindström, als Anja Thörnlund den Raum verlassen hatte. »Lasse uns heute Abend irgendwo essen gehen und was trinken. Ich muss mal weg von dem Irrsinn hier.«

»Gut, dann bestelle schon mal ein Taxi«, sagte Lindström, »und zwei für die Heimfahrt.«

∗

Anja Thörnlund konnte sich nicht mehr erinnern, wann sie zum letzten Mal mit der Fähre nach Deutschland gereist war. Zehn Jahre war das bestimmt her. Es muss gemeinsam mit ihren Eltern gewesen sein, die in Kiel einkaufen wollten, nicht Alkohol wie die meisten Schweden, sondern arabische Lebensmittel, die damals in Schweden kaum zu bekommen waren. Ihre Mutter, die aus Tunesien stammt, konnte lange Zeit mit der schwedischen Hausmannskost wenig anfangen, sehr zum Kummer ihres Vaters, der in einem urschwedischen Haushalt mit mariniertem Hering, Anchovis-Gratin und Stockfisch aufgewachsen war, Dinge, die ihre Mutter für ungenießbar hielt. Wenn ihr Vater einmal im Jahr auf ,Surströming' bestand, zwang sie ihn, auf dem Balkon zu essen.

»Mit dem Gestank dieses Gammelfisches kannst du das ganze Haus evakuieren«, pflegte sie zu sagen und kochte stattdessen Couscous. Ihre Kinder hatte sie auf ihrer Seite. Die Fenster mussten, während Vater in dem weißen, schwammigen Fischfleisch stocherte, geschlossen bleiben.

*

Während sie ihren Koffer packte, ohne zu wissen, wie lange sie sich in Flensburg, der Stadt an der dänischen Grenze, würde aufhalten müssen, versuchte sie sich an ihre deutschen Sprachkenntnisse zu erinnern. So lange war die Schulzeit nicht vorbei, aber da las man zuletzt deutsche Literatur und übte weniger die Umgangssprache. Sie wusste, dass Böll und Grass nicht gerade in Smalltalk brillierten und jeder sie mit großen Augen ansehen würde, falls sie in deren Sprachstil verfallen würde. Außerdem würde sie sich zwingen müssen die Menschen mit »Sie« und ihrem Nachnamen anzusprechen, sehr ungewohnt für einen Schweden, der nach dem Krieg geboren war.

Sie war zittrig vor Aufregung, nicht zuletzt, weil alle Hoffnung der Kollegen auf ihrem Auslandseinsatz ruhte. Sie wusste von ‚Carlo‘, dass er Karl Schmidt hieß, 33 Jahre alt und vorbestraft war, die Mutter der Prostitution nachging, der Vater unbekannt war und außerdem eine Großmutter eine Rolle in seinem Leben spielte.

*

Viel zu früh war sie mit Packen und Ankleiden fertig, um schon nach Göteborg zu fahren. Sie musste sich zwingen, nicht im Büro anzurufen. Stattdessen versuchte sie in ihrem Roman weiterzulesen, merkte aber bald, dass sie Zeilen übersprang und sich schon nach Minuten nicht mehr daran erinnern konnte, was sie gerade gelesen hatte. Mit Unruhe dachte sie daran, dass sie vielleicht ein Bordell aufsuchen oder die Mutter auf dem Straßenstrich treffen würde, in Schweden kaum vorstellbar. Prostitution war verboten, wenn auch für die Frauen nicht von Strafe bedroht, anders für Männer, die für Sex bezahlten.

*

Um fünf setzte sie sich in den Wagen und fuhr Richtung Göteborg. Es war längst dunkel, als sie am Tysklandterminalen ankam. Meist standen Lastwagen in der

Warteschlange. Auf ihrer Pkw-Spur parkte sie verloren zwischen einem schwedischen Fahrzeug mit vier jungen Männern im gefährlichsten Alter und dem Wagen einer holländischen Familie. Gerade mal ein Dutzend Personenwagen reihten sich vor der Rampe zum Schiff auf. Die Vier in dem Fahrzeug vor ihr verpassten das Signal zur Anfahrt. Sie wagte nicht zu hupen. Das nahmen ihr die Holländer ab. Ruckelnd setzte sich der Volvo vor ihr in Gang und rumpelte über die steile Rampe zur Heckluke des Schiffes. Mit ihren Eltern waren sie damals als Fußgänger auf die Fähre gelangt. Die Fähre kam ihr heute noch gewaltiger vor als damals. Die Ladedecks verschlangen bestimmt hundert große Lkws. Die Pkws im unteren Deck parkten seitlich davon und wurden von den Dieselabgasen der Trucks eingehüllt, bis endlich alle ihre Positionen eingenommen und die Motoren abgestellt hatten.

Mit einem Lift ging es hoch bis zur 8. Etage. Sie musste lange in dem Gewirr von Gängen ihre Kabine suchen. Die war eng, mit zwei Etagenbetten, einer kleinen Garderobe und einer Ablage mit Stuhl. Die Sanitärkabine war sauber, hell, für kleine Menschen wie sie gerade ausreichend. Sie stellte sich vor, in einer solchen Zelle eine Kreuzfahrt machen zu müssen. Sie kannte schwedische Gefängniszellen, die großzügiger ausgestattet waren. Immerhin gab es einen kleinen Fernseher an der Wand und ein Bullauge mit Sicht auf die nördliche Hafenseite. Lange würde sie sich hier nicht aufhalten. Sie war gespannt auf den Rest des Schiffes und natürlich das von vielen erwähnte, von manchen gelobte Büffetrestaurant.

Na, ja, für 350 schwedische Kronen hatte sie mehr erwartet. Lachs, Schinken, das obligatorische Anchovis-Gratin, leicht angekohlte Hühnerbeine, kleine Würstchen und Kötbullar, Pudding, Früchte, Käse und ein billiger Wein aus dem Zapfhahn.

Als sie das sah, ging sie weiter zum à la carte Restaurant, in dem es fast leer war, abgesehen vom Personal, das den Gästen das Gefühl gab, in einem Etablissement der gehobenen Mittelklasse zu speisen. Sie ging in Gedanken ihr Budget für diese Reise durch.

»Sei‘s drum«, sagte sie sich. »Wie häufig werde ich noch auf Staatskosten reisen? Das gönn‘ ich mir.«

Sie bereute es nicht, weder das zartrosa gebratene Elchfilet mit grünem Spargel und Kartoffelplätzchen, noch den südafrikanischen Wein, noch das Käsedessert. Sie begann, Spaß an ihrem Job zu finden.

Als sie zufrieden von ihrem Tisch aufstand, hatte das Schiff den ersten Schärengürtel bereits verlassen und rauschte mit 20 Knoten Fahrt Richtung Kattegat. Auf einem Monitor konnte man die Route entlang der jütländischen Küste verfolgen.

Nach dem opulenten Essen kam ihr die Kabine weniger spartanisch vor, zumal sie sich die Zelle mit einer im Shop erworbenen kleinen Flasche Rotwein schön trank.

Vom monotonen Rauschen der Klimaanlage und gelegentlichen Stoßen größerer Wellen abgesehen, verlief die Nacht ruhig.

Um viertel nach sieben am Morgen wurde sie von einer Lautsprecherstimme aus dem Schlaf gerissen. Sie verkündete das Anlaufen des Schiffes um 9 Uhr. Für die Ökonomie der Reederei von größerer Bedeutung, die Sonderangebote des Bordshops und der Hinweis, dass Alkohol nur bis 8 Uhr verkauft würde.

Der Blick aus dem Fenster ließ wenig Hoffnung auf einen freundlichen Tag auf dem Kontinent aufkommen. Um dreiviertel Neun saß sie in ihrem Wagen auf dem Autodeck, vor ihr die vier Schweden, die dabei waren, ihren Volvo mit Kisten hochprozentigen Inhalts zu füllen und nach durchzechter Nacht noch unsicher auf den Beinen waren.

»Wollen die das alles in Kiel austrinken«, wunderte sie sich.

Die Holländer hinter ihnen kamen in letzter Minute, als die ersten Lkws bereits von Bord rollten.

*

Kiel wirkte auf sie recht schwedisch, funktionale, schmucklose Nachkriegsarchitektur und ein dichter Berufsverkehr. Sie verfuhr sich zweimal, bis sie endlich die Autobahn mit den Richtungsschildern ‚Flensburg' erreicht hatte. Von der gefürchteten Autobahnraserei spürte sie nichts. Bis Rendsburg gab es eine Geschwindigkeitsbeschränkung auf 120, die von allen brav eingehalten wurde. Als sie dann auf die A7 nach Norden einbog, änderte sich der Fahrstil. Sie hielt 130, wurde aber immer wieder von dicken BMWs und Mercedes überholt, deren Tempo sie auf gut 200 schätzte. Von den meist dänischen Lastwagen abgesehen, rollte der Verkehr zügig. Trotzdem war sie froh, als sie die Autobahn bei Flensburg verlassen konnte.

Auf engen Straßen ging es Richtung Innenstadt. Der deutsche Kollege, mit dem sie telefoniert hatte, riet ihr in Richtung Hafen zu fahren und das erste Parkhaus eines Einkaufszentrums zu nutzen.

Was ihr dort auffiel, waren Frauenparkplätze gleich im Erdgeschoss. Sie erinnerte sich, dass man in Schweden eine solche Lösung diskutiert hatte, sie aber als diskriminierend abgelehnt hatte. Sie war jetzt ganz froh, das richtige Geschlecht zu haben und sofort einen Platz in der Nähe des Ausgangs zu finden.

Bis zum Polizeigebäude waren es nur hundert Meter. Das weiße Gebäude aus der Gründerzeit machte Eindruck, insbesondere wenn man die Treppen zum Pförtner hochstieg. Sie fragte sich, wie Körperbehinderte den Weg zur Polizei schaffen würden. In Schweden ist Barrierefreiheit ein Muss und führt zu oft abenteuerlichen Konstruktionen.

Sie nannte ihren Namen und ihr Anliegen und der Wachhabende griff zum Telefon.

Wenige Minuten später stand Stefan Klein vor ihr, in salopper Jacke und Cordhose. Er war ihr spontan sympathisch, hatte nichts von dem in schwedischen Comedies karikierten deutschen Beamten.

»Hallo, schön dass du hier bist, ich bin Stefan.«

Sie stutzte. Wo blieb das ‚Sie‘ und der Nachname. Man lernt nie aus, dachte sie.

»Kaffee?«, fragte er.

»Ja, gerne. Dann können wir schon mal über ‚Carlo‘ reden.«

»Ja, richtig, ‚Carlo‘ ist sein Spitzname. Woher kennst du den?«

»So hat er sich selbst in den Mails genannt, also kein Pseudonym.«

Sie erreichten Kleins Minibüro, gerade mal Platz für Stuhl und Schreibtisch und einen Besuchersessel von der preiswerten Sorte. An der Wand ein Regal. Auf dem Schreibtisch ein Bild einer Frau mit zwei Kindern.

Anjas Blick fiel darauf.

»Ja«, sagte Stefan Klein etwas kleinlaut. »Die Kinder sind noch bei mir.«

Anja Thörnlund ging nicht weiter darauf ein.

»Carlo hat allem Anschein nach vier Tötungsdelikte begangen und wir befürchten ein mögliches fünftes.«

»Du sagst nicht ‚Mord‘?«

»Noch nicht. Es fehlen zwei Merkmale. Motiv und ein mitgebrachtes Tatwerkzeug.«

Klein zog die Augenbrauen hoch.

»Totschlag?«

»Es ist alles sehr widersprüchlich. Er kam schon mit der Absicht, diese Männer zu töten, aber er hatte keine Waffe mit, sondern nahm irgendwas, was gerade in Reichweite war, eine Harke, einen Spaten, einen Feuerhaken. Und wir haben keine Idee, warum er sie tötete.«

»Aber diese Schändungen?«

»Das ist ein durchgängiges Merkmal, ja.«

»Ich kenne Carlo seit Jahren, auch aus unserer Präventivarbeit. Aber Mord? Schwer vorstellbar.«

»Ich würde gerne mit der Mutter und der Großmutter sprechen, die er erwähnte.«

»Großmutter? Die starb vor einem Jahr. Mit der kannst du nicht mehr reden.«

Anja Thörnlund erstarrte. »Davon hat er nichts gesagt.«

»Sie war für ihn der einzige Haltepunkt in seinem chaotischen Umfeld. Aber wir können versuchen mit der Mutter zu reden. Sie nutzt ein Haus im Oluf-Samson-Gang, von einem Immobilienbesitzer gemietet, dem die halbe Straße gehört. Der macht da Millionen Umsätze. Die Frauen bezahlen rund 100 Euro pro Tag für die Löcher. Du wirst ja sehen.«

»Ist das legal?«

»Darüber reden wir noch«, lächelte Stefan Klein. »Ich kenne eure Gesetze in Schweden.«

Stefan Klein verließ sein Büro, um den Kaffee aus der Teeküche zu holen.

Anja Thörnlund sah verstohlen auf das Bild mit der Frau und den beiden Kindern. Polizistenschicksal, dachte sie.

Klein kam mit der Kaffeekanne zurück. »Milch und Zucker?«

»Weder noch«, sagte sie.

»Übrigens«, sagte Klein, während der die Becher füllte. »Ich habe dir ein paar Treffen vermittelt, eines mit seiner früheren Lehrerin aus Grundschultagen. Die Lady ist jetzt 70, aber kann sich nur allzu gut an Karl Schmidt erinnern, und ein zweites Treffen mit einem aus seiner Band. Carlo trommelte dort ganz erfolgreich, bis er 20 war. Dann haben sie sich getrennt. Frank ist bereit, über Carlo zu reden. Er konnte auch nicht fassen, was geschehen war. Er meinte nur: ‚Carlo war schon sehr speziell‘. Er kann dir sicher mehr dazu sagen.«

Anja Thörnlund nippte an ihrem Kaffee.

»Wenn du ausgetrunken hast, können wir die paar Schritte in die Gasse gehen, in der Carlos Großmutter lebte und seine Mutter arbeitet«, bot Klein an.

Anja wurde es plötzlich sehr kalt und sie zitterte, als sie ihren Mantel aufnahm und Stefan Klein durch den langen Gang zum Ausgang des Polizeigebäudes folgte.

∗

Sie gingen den kurzen Weg zum Hafen, der sich malerisch in die Stadt einfügte. Alte Segelboote waren an der Mole vertäut, gegenüber ein in die Förde ragendes

Restaurant. An der Hafenstraße reihten sich Häuser aus mehreren Epochen, einige mussten mehrere hundert Jahre alt sein. Dann standen sie plötzlich am Eingang der Gasse, die wie eine mittelalterliche Filmkulisse auf sie wirkte. Das Dämmerlicht und die schwach erleuchteten Fenster des schmalen Ganges, der sich leicht ansteigend vom Hafen ausdehnte, hatten etwas Unwirkliches. Das Licht von alten Laternen spiegelte sich im Kopfsteinpflaster. Aus einigen Fenstern leuchtete es rot. Vor einigen der Miniaturhäuser standen Frauen mit hüftkurzen Röcken und Webpelzjacken in provozierender Pose. Anja Thörnlund hörte den Verkehrslärm der Hafenstraße nicht mehr, starrte nur in diese Gasse, in der sich Carlos Geschichte verbarg.

»Sollen wir?« Stefan Klein riss sie aus ihrer Starre. »Hier in diesem Häuschen arbeitet Karl Schmidts Mutter.«

Anja machte einige wackelige Schritte auf dem holprigen Pflaster. Eine rote Lampe im Fenster wies den Weg.

Die Frauen hatten das Paar entdeckt.

»Na, wollt ihr noch was erleben?«

Thörnlund zuckte zusammen. Stefan Klein fuhr die Frauen an. »Lasst sie in Ruhe! Sie ist von der schwedischen Polizei und auf der Suche nach Carlo. Sie will mit seiner Mutter sprechen.«

Die Angesprochene schätzte Anja Thörnlund auf Ende dreißig, bei näherem Hinsehen kamen noch einmal zehn Jahre hinzu.

»Ich weiß nicht, ob Tina mit einem Bullen spricht.«

Sie verschwand in einem der Häuser mit dem roten Fensterlicht.

Dann trat eine Frau auf die Straße, um die 50. Sie war stark geschminkt, rothaarig und trug einen Morgenrock aus Kunstseide über den Dessous.

Thörnlund ging zögernd auf sie zu.

»Können wir uns unterhalten?«

»Was willst du von mir?«, kam es harsch zurück.

»Es geht nicht um dich, sondern um Carlo.«

»Carlo? Wer ist das? Meinst du den, der seit 15 Jahren nicht mit seiner Mutter spricht?«

»Können wir nicht ungestört irgendwo reden?« Anja war unsicherer denn je.

»Immer wollen alle reden, reden. Na, komm rein! Aber der da bleibt draußen.« Sie zeigte auf Stefan Klein, der mit den Schultern zuckte.

Thörnlund musste den Kopf einziehen, als sie durch die Tür trat. Das winzige Zimmer war matt beleuchtet, das Bett mit kitschigen Kissen übersäht. Anja sah sich verschämt um.

»Schau nicht so. Die Männer mögen das, auch die Schweden, die hierher kommen.«

Tina setzte sich steif auf die Bettkante und zeigte auf einen Stuhl, der mit Kleidungsstücken behängt war. Thörnlund ließ sich auf der Stuhlkante nieder.

»Es ist so«, sagte sie. »Es sind einige schlimme Dinge geschehen. Ich will verstehen, was Carlo dazu antreibt.«

»Schlimme Dinge? Er hat hier doch auch nur Scheiße

gebaut, gekifft, geklaut. Und meine Mutter hat ihn immer gedeckt, den ‚armen' Jungen.«

»Es ist mehr als nur Drogen und Diebstahl«, sagte Thörnlund fast traurig. »Es sind Männer ... umgekommen. Wir haben den Verdacht, dass Carlo damit etwas zu tun hat.«

Tina sah zur Seite. Ihre Körperspannung war gewichen.

»Ich will verstehen, warum er so einen Hass auf diese Männer hat«, sagte Thörnlund vorsichtig.

Tina hatte sich wieder gefasst, sah an Anja vorbei.

»Was ist mit dieser Röpecka?«, hakte Thörnlund nach.

»Röpecka, Röpecka!«, erregte sich Tina. »Meine Mutter hat ihm diese Flausen in den Kopf gesetzt, ihm diesen Mist von ihr erzählt.«

»Stimmt es denn nicht, das mit den sechs Kindern von sechs Männern?«

»Fünf Männer, fünf. Aber was soll der Quatsch. Das ist hundert Jahre her oder mehr. Warum hat die ihm das erzählt. Das Kind konnte doch damit nichts anfangen. Wie soll der verstehen, was in einer Frau vorgeht, warum sie so was macht.«

»Wenn er hier gelebt hat, bekam er doch auch einiges mit«, sagte Thörnlund, die jetzt Mut gefasst hatte.

»Was hätte ich denn machen sollen, ihn weggeben, ins Heim oder zur Adoption?« Tinas Überheblichkeit war Unsicherheit gewichen.

»Vielleicht ihn einfach so annehmen wie er ist.«

Tina hatte sich jetzt wieder unter Kontrolle.

»Du hast ja romantische Vorstellungen. Soll er hier dabeisitzen, wenn ich die Männer befriedige. Hier gibt es keinen Feierabend, wo Mutter nach Hause kommt und den Kindern den Tisch deckt. Heile Welt ist woanders.« Hohn sprach aus ihren Worten. »Ihr da oben, mit eurer Villa Kunterbunt.«

»Kann es sein, dass Carlo glaubte, die Männer würden dich ... euch vergewaltigen?«

»Was weiß ich, was der glaubt. Der ist 33, kein Kind mehr. Bin ich jetzt dafür verantwortlich, dass er bei euch Scheiße baut? Warum fragt ihr ihn nicht selbst?«

»Das würden wir ja gerne. Nur, wir finden ihn nicht. Du hast keinen Kontakt mit ihm?« Verzweiflung stieg in Anja Thörnlund auf. Tina war ihre Hoffnung in Flensburg gewesen.

»Ich hatte noch nie Kontakt mit ihm. Er hing ja immer bei seiner Großmutter rum. Die hat er angehimmelt, als ob es eine Heilige wäre, ha!«, sagte Tina höhnisch und faltete die Hände wie zum Gebet.

»Und das war sie nicht?«, sagte Thörnlund überflüssigerweise.

Tina lachte schrill. »Warum hatte sie ihr Haus wohl hier in der Straße? Wir sind seit drei Generationen Huren. Vielleicht hört das ja jetzt auf.«

Thörnlund sah sie verständnislos an.

»Na, ja, zum ersten Mal gibt es kein Mädchen in der Familie«, sagte Tina fast erleichtert. Einen Augenblick verging in Schweigen. »Vielleicht ist es der richtige Moment das Elend ein für alle Mal zu beenden.«

Ihre Stimme war plötzlich leise und verhalten.

»Aber doch nicht so, wie Carlo das jetzt macht!«, sagte Thörnlund mit einem leicht zurechtweisenden Unterton.

»Es ist mir egal, wie es endet. Irgendwie muss Schluss sein!«

Tina war aufgesprungen, sah Thörnlund nicht mehr an und ging aus dem Zimmer.

Als Anja Thörnlund benommen die Straße betrat, sah Klein sie fragend an.

»Eine merkwürdige Beziehung«, sagte sie, noch nicht ganz wieder in der Realität zurück.

»Die zwischen Tina und ihrem Sohn?«, wunderte sich Stefan Klein.

»Ja, und die zu seiner Großmutter.«

* * *

Sie gingen weiter die Straße hoch.

»Hier, in diesem Haus hat seine Großmutter gelebt. Sie war so etwas wie die gute Seele der Straße, versorgte die Mädels mit Essen und sicher auch mit guten Ratschlägen. Die ganze Atmosphäre war hier ziemlich familiär, keine Zuhälter, so gut wie keine. Die Damen versuchten sich sogar mal selbst zu organisieren und ein selbstgeführtes Bordell zu gründen, scheiterte aber an der Finanzierung, obwohl die Stadt helfen wollte.«

Anja Thörnlund sah ihn verständnislos an.

»Ja, ich weiß, bei euch in Schweden ist das verboten.«

»Undenkbar, so offen ...«, stieß Thörnlund hervor.

»Offen, heimlich ... Die Frauen bezahlen ihre Steuern und werden regelmäßig vom Arzt untersucht. Kannst du das bei euch in Schweden garantieren?«

»Die Männer, die Prostituierte aufsuchen, werden strafrechtlich verfolgt. Natürlich gibt es bei uns Prostitution. Aber wir können die Frauen nicht untersuchen lassen, wenn es illegal ist.«

»Die Frage, was besser ist«, sagte Klein.

Thörnlund und Klein gingen zwischen den teils rot erleuchteten Fenstern zurück in Richtung Hafen.

»Carlos Großmutter. Wenn es kritisch wurde, war sie die Anlaufstelle. Sie hat ihn in Schutz genommen. Aber ich denke, sie hat auch versucht ihn zu erziehen«, sagte Klein nachdenklich.

»Männer kamen in seiner Jugend nicht vor?«

»Tja, nur die Freier seiner Mutter.«

Thörnlund wagte Klein nicht anzusehen. »Daher dieser Hass auf alles, was einen ...«

»... sag's ruhig, ... was einen Schwanz hat. Nein, er hatte keine männlichen Vorbilder. Ich arbeite hier im Quartier seit 20 Jahren. Ich habe Carlo nie mit einem Mädchen gesehen. Wahrscheinlich hält er sie alle für Nutten.«

»Da bleiben nicht viele Vorbilder«, sagte Thörnlund nachdenklich.

*

Sie hatten inzwischen die Gasse verlassen und den Hafen erreicht. Jetzt nahm Anja Thörnlund auch den Verkehr wieder wahr, die Geräusche der Stadt. Wie eine

Zwischenwelt kam ihr die Gasse vor. Sie setzten sich auf einen Poller am Kai. Im Hintergrund waren historische Segler vertäut, auf denen Männer und Frauen an der Takelage arbeiteten.

Thörnlund zog den Mantel enger um ihren Körper. Es war nicht nur die Kühle, die sie frösteln ließ.

»Jetzt sucht Carlo die Schuld der ganzen Misere in der Vergangenheit, 150 Jahre zurück, ist völlig fixiert. Weiß man hier etwas über die Familiengeschichte?«

»Als ihr aus Schweden angerufen habt, bin ich ins Stadtarchiv.«

»Und, etwas gefunden?«

»Ja, es gab tatsächlich eine Elisabeth Persdotter. Sie landete 1879 hier, wo wir sitzen, kam mit einem Schiff wie diesem.«

Klein wies mit der Hand hinter sich auf eines der historischen Schiffe.

»Solche Küstensegler brachten Holz aus Skandinavien. Mit so einem muss sie hergekommen sein.«

»Solche Informationen fehlten in der Dorfchronik.«

Stefan Klein wiegte den Kopf. »Da steht so ein 17-jähriges Mädchen, kann die Sprache nicht, hat keinen Kontakt, keine Mittel, nichts.«

»Da war der Weg in diese Gasse dort nicht weit«, sagte Anja Thörnlund nachdenklich.

»Da wusste Carlos' Großmutter sicher mehr darüber.«

»Aber die ist tot und Carlo spielt in Schweden den Rächer«, sagte Thörnlund bitter.

Klein sah Anja Thörnlund jetzt direkt an. »Wie weit wird er gehen?«

»Bis zum Ende, fürchte ich, sein Ende. Wir sind uns nicht sicher, ob er nach einem weiteren Opfer sucht. Das ist die unklare Sache mit Röpeckas sechstem Kind.«

Klein nickte mitfühlend.

*

Am nächsten Tag trafen sich Klein und Thörnlund auf der Polizeistation, um die ehemalige Lehrerin Carlos aufzusuchen. Sie fuhren mit dem Polizeiwagen einen Hang hinauf zur Westlichen Höhe, einem noblen Viertel mit Gründerzeitvillen und gepflegten, parkartigen Gärten. Vor einem der weiß gestrichenen Häuser parkten sie.

»Sie wohnt da oben unter dem Dach. Unten sind Rechtsanwaltsbüros. Sie weiß, dass wir kommen.«

Sie stiegen die Treppe aus edlem Holz hinauf in die dritte Etage und klingelten.

»Ich habe sie erwartet«, sagte die weißhaarige Dame freundlich, als sie die Tür öffnete. »Ich habe schon Kaffee gekocht. Die Schweden trinken doch gerne Kaffee, nicht wahr«, sagte sie mit Blick auf Thörnlund.

»Oh, ja!«, bestätigte Anja. »Wir haben den höchsten Kaffeeverbrauch in ganz Europa.«

Die alte Dame kicherte. »Die Deutschen kommen aber gleich danach. Nehmen Sie doch Platz hier auf dem Sofa.«

Die Wohnung hatte Schrägen, war aber erstaunlich geräumig und durchaus modern eingerichtet, jedoch auch mit vielen kleinen Erinnerungsstücken aus vergangenen Zeiten.

Als die ehemalige Lehrerin Thörnlunds Interesse bemerkte, sagte sie:

»Ja, als mein Mann starb, habe ich vieles alte Zeug weggeworfen. Wir hatten so vieles, was hier in die Wohnung nicht mehr passte. Aber an einigen Stücken hänge ich, die werden mir bis ins Grab folgen.«

Sie ging in die Küche und kam mit einer Porzellankanne duftenden Kaffees zurück.

»Ich hoffe, Sie mögen ihn stark. Nur weil man alt ist, denken viele, wir trinken nur Muckefuck.«

»Muckefuck. Das habe ich noch nie gehört.«

Die alte Dame lachte. »Das ist so ein alter Ausdruck für Ersatzkaffee, den man nach dem Krieg hatte. Sie können auch Blümchenkaffee sagen. Der hieß so, weil man das Blumenmuster auf dem Grunde der Tasse sehen konnte, so dünn war der.«

Anja Thörnlund musste lachen. Der Kaffee war weder Muckefuck noch Blümchenkaffee. Das Gebäck stammte aus Dänemark und war köstlich süß.

»Sie wollen etwas über Karl Schmidt wissen. Ja, ich erinnere mich an den Jungen. Leider erinnert man sich am besten an die, die schwierig waren. Und das war Karl wirklich. Nicht nur, weil er keinen Vater und diese Mutter hatte, die wenig Zeit aufbrachte, um sich um ihn zu kümmern, sondern weil er die Aggression anderer auf sich zog.«

Thörnlund saß hochkonzentriert auf der Sofakante.

»Ja«, fuhr die alte Dame fort. »Es gibt Menschen, Menschen mit wenig Selbstbewusstsein. Das merken andere mit ebenfalls wenig Selbstvertrauen, das natürlich bei Kindern noch nicht ausgeprägt ist. So einer war Carlo, und wenn man wegschaute, fielen die kleinen Kotzbrocken über ihn her.«

»Kotzbrocken?« Anja sah fragend zu Stefan Klein. Der musste grinsen.

»Skitstöffel«, sagte er plötzlich in bestem Schwedisch.

Die Lehrerin hatte den kleinen Sprachaustausch nicht bemerkt.

»Ich erinnere mich an einen Ausflug hier in den Stadtwald. Carlo trottete mal wieder hinter der Truppe her. Er schlug immer wieder mit einem Stock auf den Boden oder gegen die Stämme der Bäume. Da tönte von vorne ein Chor ‚Nuttensohn – schlägst du wieder die Freier deiner Mutter?‘ Ich versuchte später mit ihm darüber zu reden, aber er machte zu, ließ nichts an sich herankommen. Das war schmerzhaft, auch für mich.«

Anja Thörnlund konnte die Frau verstehen.

»Die einzige, die ihm offensichtlich Halt gab, war die Großmutter. Zu der ging er, wenn es Probleme gab. Und es gab oft Probleme.« Die alte Dame schaute zu Stefan Klein hin, der vieldeutig nickte.

Die Lehrerin war aufgestanden und ging zu einer Kommode, öffnete die Schublade und zog eine Ledermappe heraus.

»Ich habe ein altes Klassenfoto gefunden.« Sie legte das Bild vor Thörnlund hin.

»Hier, das ist Carlo in der vierten Klasse, der mit den roten langen Haaren, eigentlich ein hübscher Bengel.«

Anja Thörnlund nahm das Bild auf und vertiefte sich in Carlos Äußeres. »Auf neueren Fotos wirkt er magerer, ausgezehrt.«

»Er hat im Lauf der Jahre auch einiges zu sich genommen, was nicht gesund ist«, sagte Klein mit einem vorsichtigen Seitenblick auf die Lehrerin.

»Ich hoffe, ich konnte Ihnen ein wenig helfen«, sagte sie freundlich lächelnd. »Viel war es ja nicht.«

»Es war mehr als ich erhofft hatte«, sagte Thörnlund und trank den letzten Schluck aus der geblümten Porzellantasse.

*

»So«, sagte Stefan Klein, als sie wieder im Wagen saßen, fast gut gelaunt. »Jetzt fahren wir zu Frank, einem Altrocker. Der war zusammen mit Carlo in einer Band. Punkrock spielten die, von der schlimmsten Sorte. Sind hier in einem Schuppen aufgetreten, den sie jetzt platt gemacht haben, das Roxy, eine Legende in Flensburg. Bekommen Sie keinen Schreck. Das wird ein Kontrastprogramm. Frank lebt in einer Wohngemeinschaft am Hafermarkt. Das Haus sollte schon vor Jahrzehnten abgerissen werden, um das Vierteil zu sanieren. Aber der Widerstand kam nicht nur von den Bewohnern. Die Flensburger hatten sich zum großen Teil auf deren Seite geschlagen und für den Verbleib eingesetzt. Einige sicher auch, weil sie froh waren, dass die Nichtangepassten an einer Stelle unter Kontrolle waren.«

*

Sie hatten Schwierigkeiten, einen Parkplatz zu finden. Schließlich standen sie vor dem vierstöckigen Haus, das über und über mit Parolen besprüht und mit Lappen behängt war, auf denen anarchistische Zeichen prangten und wenig obrigkeitsfreundliche Parolen.

»Es sieht nicht so aus«, sagte Stefan Klein. »Aber die

160

Stadt hat mit den Leuten Frieden geschlossen und übernimmt auch mal die nicht bezahlten Mieten.«

Es roch nicht wirklich gut in dem heruntergekommenen Flur und es roch nach ‚Funny Things‘, die hier geraucht wurden. Sie stiegen eine knarrende, ausgetretene Treppe hoch und klopften an einer Tür ohne Schloss.

Frank war erwartungsgemäß um die 30, roch aber besser als das Haus, in dem lebte.

»Dürfen wir?«, fragte Stefan Klein höflich.

»Wer fragt, führt«, grinste Frank. Er räumte seine Gitarre von dem Sofa, das im Gegensatz zu ihm bessere Tage gesehen hatte.

»Was zu trinken?«, fragte er und wollte schon zu einer Karaffe mit einer gelblichen Flüssigkeit greifen.

Thörnlund winkte ab. »Nein, danke. Wir kommen gerade vom Kaffeetrinken.«

Auch Klein verzichtete auf den Drink.

Frank stellte enttäuscht die Karaffe ab und ließ sich auf einen 50er Jahre Sessel fallen. Als er Kleins Blick auffing, sagte er: »Stammt von Trödel-Pitt, weißt du, Norderstraße.«

»Ich weiß, wo Trödel-Pitt lebt, Frank. Auch deine Tattoos sind von ihm.«

»Ja, klar. Er ist der Größte.«

»Lass uns über Carlo reden. Die Lady hier ist von der schwedischen Polizei. Die haben da ein Problem mit ihm, ein richtiges Problem.«

»Ja, Carlo, die alte Socke.« Frank versank noch mehr in dem Sessel und schaute zur Decke hoch, so als ob Carlo dort erscheinen könnte.

»Er war schon ein bisschen speziell, aber«, so beeilte er sich hinzuzufügen, »ein geiler Drummer, wirklich!«

»Versuch ihn mal zu charakterisieren«, bat Thörnlund.

»Charakterisieren?« Frank blickte wieder hilfesuchend zur nikotingefärbten Decke. »Ich denke da an einen Gig im Roxy. Wir waren so 16 da, glaube ich.«

Klein nickte auffordernd.

»Wir übten damals in einem abgefuckten Keller. Da klingelte mein Handy. ‚Hör doch mal auf‘, rief ich zu Carlo, der seelenruhig weitertrommelte. Keine Chance, so war er. Die riefen vom ROXY an, ob wir am Wochenende spielen könnten. Klar, super, dachte ich. Nur Carlo dachte das nicht, spielte die Jungfrau ‚rühr mich nicht an‘. Wir anderen wollten spielen, na klar, wozu probt man ewig in diesem Loch. Doch Carlo verdrückte sich. Ich ging hinterher. Irgendwo stand er an der Wand und schmollte. Wisst ihr, was der sagte? ‚Mich nervt das geile Gehopse im Roxy. Und ich soll ihnen noch die Vorlage liefern.‘ Ich fasste es nicht und musste ihn zehn Minuten lang zutexten, bevor er endlich so was wie ein Nicken von sich gab.«

Auch Klein nickte unwillkürlich.

»Dann waren wir im ROXY, die Bude gerammelt voll, die ganze Clique schon ziemlich angetörnt. Wir auf der Bühne, alle Augen auf uns. Nur Carlo war nicht da.

Aber ich wusste, wie man den hoch bringt und haute mit dem Schlegel auf das Becken. Schon war er oben und giftete uns an, aber aus allen Rohren. ‚Mach das nicht noch mal!', brüllte er und drosch auf seiner Maschinerie los. Aber wie der abging! Die Bude kochte, die Fans jubelten, die Mädels rissen sich die Sachen vom Leibe – rein symbolisch natürlich.«

Klein nickte grinsend.

»Dann war das Stück zu Ende, eigentlich. Aber da kennt ihr Carlo nicht. Der trommelte und polterte weiter, wie ein Irrer, ein bühnenreifes Solo vom Feinsten. Der Saal brodelte, was sag ich, der kochte über, bis Carlo endlich die Luft ausging.«

»Toller Auftritt«, sagte Klein bewundernd.

»Sag das nicht«, konterte Frank. »Der Abend war noch nicht zu Ende. Carlo also wollte raus, vielleicht aufs Klo oder kiffen, weiß nicht. Aber da war ein Mädel, das fand wohl nicht nur sein Getrommele gut und machte ihn an, aber wie. So was habe ich noch nicht gesehen. Carlo wollte nicht, der wollte ja nie. Aber die Kleine ließ nicht locker, brachte ihn endlich dazu, mit ihr zu tanzen, na, ja, so ungefähr wenigstens, denn Carlo tanzte mehr für sich. Die Kleine hatte sich da mehr erhofft.

Musik zu Ende, Carlo muffelt auf der Bühne rum. Das Mädel inzwischen mit einem anderen Kerl im Clinch. Doch Carlo plötzlich hellwach, sieht das – was ihn eigentlich gar nichts angeht – und fährt dazwischen. ‚Lass sie los, du rührst sie nicht an' keift er völlig irre. Da hat er die Rechnung ohne den Typen gemacht. Der war gefühlte 1,90 groß und kam gerade aus der Muckibude.«

Frank machte eine Pause und sah seine Gäste erwartungsvoll an. »Ja, das war Carlo, wie er leibt und lebte.«

*

»Ich glaube, du brauchst nach all dem eine Auszeit«, sagte Klein, als sie wieder im Wagen saßen.

»Ja, das kann sein. Das ist alles sehr heftig.«

»Wollen wir irgendwo essen gehen?«, fragte Stefan Klein.

»Essen muss ich auf jeden Fall. Ich bin hungrig wie ein Sibirischer Wolf«, lachte Anja Thörnlund.

»Habt ihr nicht auch Wölfe in Schweden?«

»Carlo könnte gut einem begegnet sein. Dort tauchen sie immer wieder auf und reißen Schafe.«

»Carlo ist auch so ein einsamer Wolf, tötet, ohne Frieden zu finden. Ist es nicht so?« Klein sah sie fragend an.

»Nach allem, was ich weiß, ist das so. Und er wird weitermachen, bis alle Schafe tot sind.«

»Was, sagtest du, war mit dem sechsten Kind dieser Röpecka?«, fragte Klein.

»Es ist nicht sicher, ob ein Knecht von diesem Herenstam, dem Urgroßvater des dritten Opfers, der Vater war, oder der Herenstam selbst.«

»Spielt das eine Rolle?«

»Oh, ja!«, sagte Thörnlund. »Glaubt Carlo, es war der Herenstam, dann gibt es für ihn kein Opfer mehr. Schließlich ist der schon tot. Die Sache mit dem Pettersson haben wir vermasselt. Es gibt keinen Nachfahr des

Pettersson mehr. Das weiß Carlo nun.«

Klein grübelte eine Weile.

»Und wenn der sich noch einen Herenstam vornimmt?«

»Wie meinst du das?« Anja Thörnlund wurde plötzlich heiß.

»Er tötet ja nicht Röpeckas Liebschaften selbst, sondern irgendeinen in der Generationenfolge. Hat der Herenstam denn keine Kinder?«

Anja Thörnlund zuckte zusammen.

»Ich muss telefonieren«, stieß sie hervor.

*

Sekunden später hatte sie Stormquist am Telefon. »Malte, wir haben doch gecheckt, dass Herenstam keine Kinder hat, oder?«

Als sie sich wieder Klein zuwandte, waren Wangen und Hals rot angelaufen.

»Ich glaube, wir haben etwas Wichtiges übersehen. Ich hoffe, es ist nicht zu spät.«

»Auf jeden Fall ist es heute nicht zu spät für ein gutes Essen im Bellevue. Schau mal hier auf die andere Hafenseite. Liegt doch nett.«

»Aber nur, wenn ich selbst zahlen darf.«

»Ist das Teil der viel zitierten schwedischen Gleichberechtigung?«

»Nein, das ist ein Teil von mir. Ich bin nicht gerne jemandem etwas schuldig.«

Stefan Klein lachte. »Das wärst du auch nicht, wenn ich dich eingeladen hätte. Aber tröste dich, meine Töchter denken ähnlich. Nur nicht sich abhängig machen, schon gar nicht von einem Kerl!«

Anja Thörnlund fühlte sich durchschaut und das war ihr peinlich.

Das Essen auf der geheizten Terrasse über dem leicht gurgelnden Wasser, der Blick auf die malerische Altstadt, die in der Dünung tanzenden Boote und die gelöst wirkenden Menschen entschädigten dafür.

»Ich würde nach dem, was wir heute gehört haben, gerne noch einmal mit Tina sprechen. Eigentlich will ich mehr über Carlos Großmutter erfahren und ihre Verbindung zur Vergangenheit. Irgendwie scheint mir das der Schlüssel zu Carlos Verhalten zu sein«, sagte Anja Thörnlund nachdenklich.

»Du kannst es ja versuchen. Sie wohnt auf dieser Seite der Förde, in Jürgensby. Sie hat dich schon einmal eingelassen, vielleicht gelingt es dir nochmal.«

Als sie die Flasche Wein geleert hatten, war Carlo schließlich kein Thema ihres Gespräches mehr.

*

Stefan Klein fuhr eine steil ansteigende Straße hoch, bog dann in eine noch steilere, gepflasterte Gasse ein und parkte den Wagen vor einem unscheinbaren Haus.

»Mich mag sie nicht. Ich bleibe hier und warte. Viel Glück!«

»Das werde ich brauchen«, sagte Thörnlund etwas unsicher und ging zur Haustür. Als Tina öffnete, erkannte Thörnlund sie fast nicht wieder. Die langen Haare waren einer modernen Kurzhaarfrisur gewichen, aber im Gesicht wirkte sie ohne die dick aufgetragene Schminke zehn Jahre älter als am Abend zuvor. Sie hatte Jeans und einen weiten Pullover an und eine Teetasse in der Hand.

»Ach, du schon wieder.«

Thörnlund fasste sich ein Herz und sagte: »Ich danke dir für das Gespräch gestern. Gern hätte ich noch mehr über deine Mutter erfahren, einfach deshalb, weil sie für Carlo so wichtig war.«

Tina machte eine Kopfdrehung in Richtung der Wohnung. Anja Thörnlund folgte ihr durch einen engen Flur ins Wohnzimmer. IKEA, dachte sie, als sie die Einrichtung sah.

»IKEA«, sagte Tina, als sie Thörnlunds Blick auffing. »Billig, praktisch und, nach ein paar abgebrochenen Fingernägeln beim Montieren, zu mir passend.«

Anja fiel auf, dass es keine Bilder an den Wänden gab, keine nutzlosen Kleinigkeiten standen herum. Es war so wie Tina sagte: Praktisch und passend und ein wenig billig.

»Man darf sich setzen«, sagte Tina und trank ihre Tasse aus. Thörnlund gehorchte.

»Carlo sagte mehrmals ‚Das hat Großmutter erzählt‘ und ‚Seit hundert Jahren bohrt das in mir‘ und solche Sachen. Irgendwie lässt ihn eure Vergangenheit nicht los«, sagte Thörnlund.

Tina schnalzte mit der Zunge. »Mir ist die Vergangenheit egal, genauso wie die Zukunft. Ich habe keine und Carlo hat auch keine.«

Thörnlund musste schlucken.

»Gibt es irgendwelche Erinnerungsstücke von Carlos Großmutter, die uns vielleicht auf eine Spur bringen könnten?«

»Wir haben den ganzen alten Plunder aus ihrer Wohnung verkauft oder auf den Sperrmüll gebracht. Warte!«

Tina ging aus dem Zimmer. Man hörte sie in irgendwelchen Ecken kramen. Schließlich kam sie mit einem Pappkarton zurück. Sie stellte ihn mit einem Ruck vor Thörnlund auf den Tisch.

»Hier, das ist alles, was von Mutter übrig ist. Nimm es mit. Du tust mir einen Gefallen, wenn du mich davon befreist. Diese ganzen alten Geschichten. Ich muss das aufhören!«

Anja Thörnlund zuckte zusammen. Genau das hatte Carlo auch gesagt. Hier also lag das Geheimnis. Schluss machen mit der Vergangenheit, um jeden Preis, bei Carlo um einen tödlichen Preis.

Anja wollte jetzt nur noch fort, nicht riskieren, dass es

168

sich Tina noch anders überlegen würde. Sie nahm den Karton an sich und stand auf.

»Ich danke dir, Tina, du hast mir wirklich geholfen und Carlo vielleicht auch.«

Tina machte eine abschätzige Kopfbewegung.

»Wenn es dich glücklich macht.«

Anja war entsetzt über die Kälte dieser Frau. Aber genau das könnte der Zugang zu Carlos Denken und Fühlen sein. Sie war Tina wirklich dankbar.

∗

Als sie mit dem Karton in Kleins Wagen stieg, sah der sie bewundernd an.

»Das ist eine reife Leistung. Die Frau ist ansonsten zu wie ein Tresor. Ich habe während der zwanzig Jahre im Beruf nicht halb so viel Worte gewechselt wie du.«

Anja errötete und ärgerte sich, als sie die Hitze in ihrem Gesicht spürte.

»Kann ich das in deinem Büro auswerten? Vielleicht ergeben sich Fragen, bei denen ich deine Hilfe brauche.«

»Natürlich. Neben meiner Zelle ist gerade noch eine frei. Der Kollege ist versetzt worden und sein Schreibtisch leer. Du kannst also bei uns anfangen. Der erste schwedische Polizist bei der Flensburger Polizei. Schweden werden hier ansonsten nur vom Handballverein eingekauft.«

∗

Am Nachmittag begann Anja Thörnlund mit den Grabungen in Tinas Karton. Schicht für Schicht arbeitete sie sich in die Vergangenheit vor. Die obersten Blätter waren Rechnungen, ein paar Postkarten aus jüngerer Zeit, dann Dokumente von Tinas Großmutter, wenige Fotos einer streng blickenden Frau ohne Datumsangabe und ganz in der Tiefe eine Kladde mit einer Schrift, die Thörnlund nicht entziffern konnte.

»Stefan, was ist das für eine Schrift? Ich kann das nicht lesen.«

Klein warf einen Blick auf die Kladde. »Das ist Sütterlin. So schrieben die Leute zu Beginn des vorigen Jahrhunderts. Warte mal, ich kann dir da helfen.«

Er griff zum Telefon und wenig später stand eine betagte Dame im Büro, die Anja freundlich anlächelte. »Na, junge Dame, wo fehlt es?«

»Anja ist von der schwedischen Polizei, kann Deutsch, nur das hier nicht. Kannst du ihr helfen?«, fragte Klein.

»Mit Vergnügen. Ich arbeite hier noch etwas im Archiv auf meine alten Tage. Aber Sütterlin habe ich noch gelernt. Du wirst sehen, so schwer ist das gar nicht.«

Nach einer Stunde hatte sich Thörnlund mit Hilfe von Marta Stein in den ungewohnten Schriftstil eingelesen.

»Das ist eine alte Schulkladde, wie man sie vor dem Krieg hatte. Eine schöne, saubere Schrift«, sagte Marta Stein und wendete die Kladde.

»1932 steht hier«, sagte Thörnlund mit einem Blick auf die Rückseite.

»Ja, und hier steht: ‚Mutter kann nicht so gut schreiben. Sie spricht auch besser Schwedisch als Deutsch. Sie hat mir vieles diktiert, ihre eigene Geschichte.'«

Auf dem Titel der Kladde stand in sauberer Mädchenschrift: Mathilde Christensen.

Das war, wie Thörnlund wusste, Tinas Großmutter, Carlos Urgroßmutter. Demnach musste die Frau, deren Lebensgeschichte hier aufgeschrieben war, Elisabeth, Röpeckas Tochter sein.

Anja Thörnlund konnte ihr Glück kaum fassen und küsste das alte Schulheft.

»Was interessiert dich so daran?«, wunderte sich Marta Stein.

»Ich darf leider darüber nicht sprechen, aber es geht um ihren Urenkel, der in Schwierigkeiten ist.«

»Dann will ich auch nicht weiter bohren«, lächelte die Archivarin. »Ich glaube, du kommst jetzt auch ohne mich zurecht. Ich bin noch bis 17 Uhr im Haus. Du kannst mich gerne holen lassen.«

Die alte Dame stand auf, legte kurz ihre Hand auf Anjas Schulter und ging lächelnd aus dem Raum.

*

Anja Thörnlund konnte nicht aufhören zu lesen, wurde erst durch Stefan Klein aus ihrer Lektüre gerissen. »Wir machen jetzt dicht hier. Nimm den Karton doch mit ins Hotel. Ich brauche wohl nicht zu fragen, ob du mit mir heute Abend essen gehst.«

Anjas Blick gab eine ausreichende Antwort. Dieser Abend gehörte den Aufzeichnungen Mathilde Christensens.

Das früheste, an das ich mich erinnern kann, sind Bäume, große Bäume, hohe Bäume, dunkle Bäume und an den Waldboden, der federte, wenn man darauf lief. Und wir liefen immer auf Waldboden. Wege gab es nur wenige und die waren steinig und taten den nackten Füßen weh. Schuhe hatten wir nur im Winter. Die waren dann immer nass und mussten über dem Kamin getrocknet werden. Das Leder wurde dann immer ganz hart und tat an den Füßen weh. Meine Mutter und ich lebten in einer Kate bei dem Bauern, für den sie arbeitete. Geld bekam sie nicht, nur Lebensmittel und ab und zu kaufte er Kleider für sie und mich, einfaches Tuch, das man bei der Arbeit trug.

Im Winter durfte ich in die Schule gehen. Das war eine Stunde Weg durch den Wald. Die Schule war neben der Kirche. Pfarrer und Lehrer waren zu Anfang die gleiche Person. So lernten wir lesen und schreiben mit den Psalmen aus dem Gesangbuch und bestimmten Teilen aus der Bibel, aber nicht allen. Einiges aus der Bibel durften wir nicht lesen. Einmal im Jahr kam dann ein Pastor zu uns in die Kate und ich musste etwas aus der Bibel oder einen Psalm aufsagen. Das nannte sich Hausverhör und wurde in einem Buch penibel notiert. Im Sommer ging ich nicht zur Schule, da musste ich auf dem Feld helfen. Die Felder waren mitten im Wald. Einmal erinnere ich mich, wie die Männer aus dem Wald einen Acker gemacht haben. Sie sägten die Bäume ab und gruben die Wurzeln aus. Dann mussten meine Mutter und ich Steine sammeln und in Reihen aufhäufen. Es waren Millionen von Steinen, so kam es mir vor. Es endete nie. Ich sammelte Steine bis ich mit meiner Mutter den Bauern verließ, da war ich dreizehn.

Als ich geboren wurde, war da schon ein Bruder. Meine Mutter hat nie gesagt, wer sein Vater war. Ich glaube nicht, dass wir den gleichen Vater hatten. Aber darüber machte ich mir damals keine Gedanken. Ein Mann lebte nie bei uns, obwohl meine Mutter in ihrem Leben sechs Kinder bekam. Das war vor meiner Zeit, und alle bis auf meinen Bruder und mich sind gestorben, bei oder kurz nach der Geburt.

Schlimm waren die Winter. Die Seen waren zugefroren, die Bäche auch. Wir mussten oft das Eis aufhacken, um an Wasser zu kommen. Aber man gewöhnte sich daran und wusch sich höchstens einmal die Woche. Meine Mutter achtete aber darauf, dass wir ordentlich angezogen waren und uns so gut es ging pflegten. Irgendwann war mein Bruder fort. Ich glaube, als er 16 war, ist er aus unserem Leben verschwunden. Ich habe ihn nie wieder gesehen. Manchmal abends kam der Bauer und brachte meiner Mutter etwas Besonderes zu essen. Heute weiß ich, dass er nicht nur wegen des Essens kam. Damals habe ich mir keine Gedanken darüber gemacht.

Dann geschah etwas Schlimmes. Noch heute, nach all den vielen Jahren, wache ich manchmal auf und sehe die Frauen vor mir. Ich war damals 13, als wir von unserer Kate zum See gingen, um Birkenrinde zu sammeln, aus denen Mutter Körbe machte und das Mehl, aus dem wir Brot buken, verlängerte. Plötzlich standen sie auf dem Weg, rund ein Dutzend Weiber, kreischend und alle möglichen Harken und Knüppel schwingend. Sie schrien ,Verschwinde in den Wald, aus dem du kommst' oder ,meinen Mann wirst du nicht mehr anfassen' und solche hässlichen Dinge. Mutter und ich hatten furchtbare Angst und liefen den steilen Hang hoch, der vom See in den Wald führte, wo er am dichtesten war. Wir liefen und liefen, immer noch das Geschrei der Frauen im Ohr. Mutter kannte eine Stelle ganz oben am Berg, wo eine Köhlerhütte verfiel. Da krochen wir erst einmal hinein und warteten, ob die Dorfweiber uns folgen würden. Aber es geschah nichts. Nachts schlich Mutter in die Kate, in der wir gewohnt hatten, und holte so viele Gerätschaften wie möglich nach oben in den Wald. Das machte sie mehrere Nächte hintereinander, bis wir das Nötigste zusammen hatten. Zum Glück war es Sommer und wir froren nicht. Die Hütte war halb verfallen und lag an einer Felswand. Jedes Mal, wenn es regnete, lief das Wasser durch die Hütte und wir standen im Nassen. Tag für Tag versuchten wir das Dach aus Holzschindeln dicht zu bekommen und das Wasser vorbeizuleiten. Drei Jahre lebten wir dort, mussten immer zu einem Bach ins Tal, um Trinkwasser zu holen. Mutter begann, auf der kleinen Fläche um die Hütte Kartoffeln zu pflanzen und Kräuter. Der Bauer, für den wir gearbeitet hatten, besuchte uns ab und zu und brachte einen Sack Getreide mit oder Rüben, Salz und Zucker. Meine Mutter konnte ihn nicht mit Geld bezahlen. Sie schickte mich dann weg, um Beeren oder Pilze zu sammeln. Damals machte ich mir keine Gedanken.

Schlimm wurde es im Winter. Wir hatten nur eine offene Feuerstelle in der Hütte und mussten das Holz, das wir im Sommer gesammelt hatten, dort stapeln. Wir schliefen auf einer Decke, die über dem Holzstapel ausgebreitet war. Nach einiger Zeit konnten wir uns gar nicht mehr vorstellen, anders zu leben. Später erfuhr ich, dass zur gleichen Zeit nur 20 Kilometer entfernt die Eisenbahnstrecke gebaut wurde, mit einem Bahnhof, von dem die Leute überallhin in die großen Städte fahren konnten. Die Menschen dort hatten Öfen, schicke Wohnungen und arbeiteten in Fabriken. Wir hausten wie im Mittelalter, eigentlich noch schlimmer. Drei Sommer und drei Winter lebten wir dort.

An einen Tag erinnere ich mich besonders. Es ging uns besonders schlecht. Es war im Herbst und wir hatten kaum noch Vorräte. Wir waren unten am Bach, als wir auf dem Weg, der dort in der Nähe vorbeiführte, ein Fuhrwerk hörten, das sich näherte. Meine Mutter lief mit mir zu dem Weg. Da sahen wir den Wagen, der von zwei Pferden gezogen wurde, heranbrausen. Meine Mutter stieß mich zur Seite, stellte sich mitten auf den Weg und breitete die Arme aus. Der Mann schrie sie an. Aber sie blieb einfach mitten auf dem Weg stehen. Er riss das Fuhrwerk herum. Es stürzte mit ihm in den Graben. Meine Mutter war sofort über ihm. Ich höre noch wie sie keuchte. ‚Ich brauche Essen für mein Kind, dein Kind!' Obwohl er verletzt war, fuhr er sie an. ‚Was kümmert mich das Kind. Du kommst aus dem Wald, geh dorthin zurück!' Ich hatte furchtbare Angst um meine Mutter, aber sie schrie ihn an ‚Du bist ein Tier, kein Mensch! Ich habe dich als Mensch behandelt. Jetzt wirst du dein Kind nicht wie ein Tier verenden lassen.' Er fingerte eine Münze aus seiner Tasche und sagte ‚Hier nimm das, verflucht noch mal, aber lass mich in Frieden!' Aber meine Mutter ließ nicht von ihm ab und lachte höhnisch ‚Frieden? Frieden wirst du nicht finden, solange deine Tochter lebt. Ihre Kinder noch werden dich verfluchen und verfolgen. Gib uns etwas zu essen, sonst werde ich es aus dir herausschneiden!' Sie hatte plötzlich ein Messer in der Hand. Ich schrie vor Panik, weil ich dachte, dass jetzt etwas Furchtbares passiert. Dann schlug die Stimmung um. Er wimmerte ‚Nimm das Messer weg. Du wirst mich doch hier nicht umbringen. Denk doch an ...' ‚Ja', sagte meine Mutter. ‚Ich denke an ... diese eine Nacht. Wie könnte ich die vergessen. Jeden Tag werde ich daran erinnert, wenn ich meine Tochter anschaue. Genau wegen der Erinnerung würde ich nicht zögern.' Ich verstand natürlich nicht, was sie damit meinte, hatte nur Angst. Dann sagte er plötzlich ,Du bist irre! Verdammt! Geh zum Wagen! Nimm, verflucht noch mal, was du brauchst und verschwinde aus meinem Leben!'

Meine Mutter rief mich zu sich. Wir packten alles, was wir tragen konnten, vom Wagen und schleppten uns in den Wald zurück zu unserer Kate. Ich fürchtete nur, er würde uns folgen. Aber nichts geschah. Für einige Zeit hatten wir wieder genug zu essen.

Erst viel später habe ich von meiner Mutter erfahren, wie der Mann, der mein Vater ist, hieß, Herenstam, und dass er mit meiner Mutter ein zweites Kind gezeugt hat, ein Kind, das ich nie zu sehen bekam, denn es starb bei der Geburt wie andere vor ihm.

Einige Zeit später wagte meine Mutter den Bauern, als er uns wieder besuchte, zu fragen, ob er uns in die nächste Stadt fahren würde, die Åmål hieß. Nachdem er einige Stunden mit meiner Mutter verbracht hatte, willigte er ein. Ich werde nie vergessen, ich war da 16, wie wir dort ankamen in unseren zusammengeflickten Kleidern und uns bei einem Schneider vorstellten. Merkwürdigerweise bekamen wir dort Arbeit. Plötzlich hatten wir etwas Geld und konnten einkaufen wir andere Menschen. Der Schneider hatte unter dem Dach seines Hauses zwei Betten aufgestellt. Wir hatten eine Kommode für unsere Sachen, einen Tisch, zwei Stühle und einen Herd zum Kochen. Wir waren plötzlich in einer anderen Welt. Ein Jahr waren wir dort. Dann kam der Bauer, bei dem wir früher gearbeitet hatten, und fragte meine Mutter, ob sie nicht wieder zu ihm kommen wolle. Seine Frau war an Schwindsucht gestorben. Ich weiß nicht warum, aber meine Mutter sagte Ja. Er sagte, ich könne bei einem anderen Siedler dort in der Nähe arbeiten. Da könnten wir uns öfter besuchen. Ich wollte das eigentlich

176

nicht, denn in der Schneiderei fühlte ich mich wohl. Aber eines Ta-
ges holte er uns ab und fuhr mit uns zurück nach Hasselskog. Er
lieferte mich bei dem alten Siedler ab und fuhr mit meiner Mutter
weiter zum See. Danach habe ich sie nie wieder gesehen und ich
konnte auch niemanden fragen, denn die Leute dort behandelten
mich immer noch wie eine Aussätzige. Irgendwann bin ich dann
mit dem Siedler zur Kirche gefahren und ich fragte den Pastor
nach meiner Mutter. Der aber tat geheimnisvoll und wollte mir
nichts sagen. Ich hatte Angst dort weiter zu leben.

Da begann ich darüber nachzudenken, ganz von dort weg-
zugehen. Das habe ich dann auch getan. So bin ich mit einem
Holzfrachter, der von der Westküste aus fuhr, hier in die Stadt
gekommen.

*

Anja Thörnlund lehnte sich erschöpft zurück. Sie
stellte sich vor, dass Carlo von der Großmutter diese
Geschichte erzählt bekam. Was musste in dem Jungen
vorgegangen sein. Wie sollte er die Zusammenhänge
verstehen. Sie konnte es nicht fassen. Jetzt verstand sie,
warum er seine Opfer anschrie. ‚Rühr sie nicht an! Ich
kann das Schreien nicht ertragen!‘ Er hat das, was da vor
über 100 Jahren geschah, nie richtig einordnen können,
auch nicht das, was seine Mutter tat. Männer waren Ver-
gewaltiger, Frauen prostituierten sich. Das war sein Bild
von der Welt.

Sie musste das mit jemandem teilen und rief noch
in der Nacht Lindström an. Warum ihn, konnte sie am
nächsten Morgen nicht mehr erklären. Aber er hörte
ihr zwei Stunden lang geduldig zu und unterbrach sie

nicht. Dann sagte er nur: »Komm zurück. Wir vermissen dich.«

*

Am nächsten Tag verabschiedete sich Anja Thörnlund von Stefan Klein. »Irgendwie hatt Tina recht, als sie über Schweden sagte: ‚Villa Kunterbunt'. Wir glaubten lange, in einer heilen Welt zu leben, einer 8 Millionen umfassenden Dorfgemeinschaft«, lachte sie. »Aber leider gibt es da noch etwas anderes, weniger buntes und heiles.«

*

Sven Lindström konnte nach Thörnlunds Anruf nicht mehr einschlafen. Im Bademantel öffnete er seine Außentür und trat barfuß auf die kleine Veranda. Er atmete tief ein. Die Herbstluft war auch in der Nacht erfüllt vom Geruch absterbenden Laubes vermischt mit dem Harzduft der Nadelbäume. Es war windstill. Obwohl es nur wenige Grade über Null war, fror er nicht, fast war ihm heiß. Nur von den nackten Füßen her zog schmerzende Kälte die Beine hoch. Er ging wieder ins Haus, holte sich eine halb geleerte Dose Bier aus dem Kühlschrank und setzte sich in einen Sessel, den er sich neben die Stehlampe zog. Aus einer Kiste nahm er das Buch, das sie bei dem Opfer in Rohagen gefunden hatten. Er schlug den schweren, ledernen Einband auf und blätterte ziellos in dem mehrere hundert Seiten starken Band. Ihn faszinierten die teils hundert Jahre alten Fotografien von Häusern und Hofanlagen. Einige Plätze kannte er aus der Umgebung. Verwundert sah er, dass dort, wo sich heute dichter Wald hinzog, freie Ackerflächen waren, gesäumt von halbmannshohen Steinwällen. Er schüttelte verwundert den Kopf. Was müssen sich diese Leute geschunden haben, um aus dem unfruchtbaren Waldboden ein bisschen Ackerland zu gewinnen. Sicher hatten nicht alle ein Pferd, sondern spannten sich selbst vor den Pflug. In anderen Teilen Schwedens gab es zur gleichen Zeit eine vergleichsweise moderne Stahlindustrie. Die ersten Gewerkschaften entstanden, die Eisenbahn wurde gebaut. Und dann das hier.

Er vertiefte sich in die Gesichter der Menschen, die

in starrer Pose vor ihren Häusern standen. Minutenlang mussten sie ausharren, bis die lichtschwachen Platten belichtet waren. Aber es war nicht nur der Fotograf, der die Menschen steif und starr wirken ließ. An ihrer Kleidung konnte man sehen, dass sie sich für das Ereignis herausgeputzt hatten. Hohe steife Kragen, eng anliegende Anzüge aus hartem Stoff und voluminöse Kleider mit Spitzenbesatz bei den Frauen, die Großmutter auf dem Stuhl im Vordergrund platziert. Ernste, freudlose Gesichter, verhärmt und auf das Wesentlichste im Leben reduziert, arbeiten, essen und sich vermehren.

Dann aber auch Bilder von Männern, stolz auf Bäume blickend, die sie wohl gerade gefällt hatten, riesige Sägen präsentierend, den breitkrempigen Hut keck ins Genick geschoben. Kantige, herbe Gesichter, ohne ein Gramm Fett auf den Muskeln.

Lindström blätterte weiter. Da waren andere Gesichter, feist und aufgeschwemmt, satt und anscheinend zufrieden in barocken Stühlen sitzend, mit den Insignien des Reichtums, Kandelaber auf dem Tisch und feines Porzellan im Vitrinenschrank. Auf einer anderen Seite, streng, asketisch, puritanisch wirkende Pastoren mit breitem Beffchen um den Hals, ganz Autorität, unnahbar, die verlängerte, züchtigende Hand Gottes, eher Altes als Neues Testament.

Dann stieß er auf ‚Röde Per', den rothaarigen Vater dieser Röpecka, nach der Carlo so intensiv forschte. Lindström konnte nicht mehr aufhören zu lesen, bis er dessen Geschichte und die seiner Töchter beendet hatte.

‚Röde Per' hatte wohl nicht nur zwei Kinder gezeugt, denn in den Kirchenbüchern ist von Vaterschafts- und Unterhaltsklagen die Rede. Letztendlich war er mittellos, nicht zuletzt wegen seiner Trunksucht. Nach langem Hin und Her gewährte die Gemeinde aus ihrer Kasse ein kleines Unterhaltsgeld für die Töchter Maria Elisabeth und Ulrika. Maria Elisabeth bekam ihren Spitznamen ‚Röpecka' auch wegen ihrer auffälligen roten Haare, die sie vom Vater geerbt hatte. Alle drei lebten in einer abgelegenen Hütte, deren Reste man als Steinhaufen noch erkennen kann.

Das also sollte der Ursprung von Carlos Familie sein, zumindest soweit er bekannt ist, dachte Lindström, kein hoffnungsvoller Start. Er schlug die Seite um und las weiter.

Röpecka bekam früh ihr erstes Kind. Inzwischen wohnte sie in einer verlassenen Köhlerhütte an einem Berghang weit ab von jeder anderen Behausung. Sie gab als Erzeuger einen Knecht aus einem entfernt gelegenen Hof an. Das Kind sollte mitten im Winter zur Welt kommen. Niemand schien ihr dort bei der Niederkunft helfen zu können oder zu wollen. So machte sich das hochschwangere Mädchen auf den Weg zu einem gut zwei Kilometer entfernt hausenden Ehepaar, ebenfalls bettelarm, Bewohner einer aus Schieferplatten errichteten beheizbaren Kate. Anders Leifsson, der Chronikverfasser, war den Weg nachgegangen und hatte ihn beschrieben. ‚Von ihrer Kate geht es gut einen Kilometer steil bergauf durch dichtes Gestrüpp und krüppeligen

Wald auf den höchsten Punkt des Bergrückens. Selbst ich hatte Mühe nach oben zu kommen. Immer wieder gibt es steile und rutschige Felskanten, über die man nur keuchend hochkommt. Dann läuft man auf moosigem Boden ein paar hundert Meter, um dann die erreichte Höhe auf ebenfalls steilem Hang zu verlassen. Unten trifft man auf einen gurgelnden Bach, der schließlich aufwärts zur Hütte des Paares führt. Jetzt, über 150 Jahre danach, sind von der Behausung ein Steinhaufen übrig und die Reste des Kamins'.

Der Schilderung des Chronisten folgt ein formeller Auszug aus dem Kirchenregister mit der lapidaren Feststellung, dass das erste Kind von Maria Elisabeth Persdotter im Alter von drei Monaten verstarb. Der Todesmeldung sollten im Laufe der folgenden zwei Jahrzehnte noch drei weitere folgen. Zweimal wurde Maria Elisabeth Persdotter, Röpecka, das Begräbnis ihrer Kinder erspart, bei Elisabeth und ihrem Bruder.

»Elisabeth«, murmelte Lindström halblaut vor sich hin. »Die also soll nach Deutschland ausgewandert sein. Ich bin wirklich gespannt auf Thörnlunds Bericht.«

*

Als Anja Thörnlunds eingeschmutzter Wagen auf den Hof der Einsatzzentrale in Åmål rollte, stand Lindström am Fenster und wartete darauf, dass sie ausstieg.

Hoffentlich hat sie nicht vergessen, …. Nein, hat sie nicht, dachte er lächelnd.

Minuten später stand Thörnlund im Mantel mit einer Plastiktüte in der Hand in der Halle.

»Kann ich das hier mal in den Schrank stellen, muss nicht jeder sehen«, sagte sie noch hastig, vor jeder Form der Begrüßung.

»Hej, willkommen in Schweden«, grinste Stormquist und nahm ihr die Tüte ab. »Nur vier Flaschen«, sagte er pikiert. »Und wir?«

»Mein Vorrat ist im Auto. Die da dürft ihr euch teilen oder gemeinsam austrinken. Ist mir egal.«

»Darf ich dir aus dem Mantel helfen«, sagte Lindström und sie wusste nicht, ob es ernst oder ironisch gemeint war.

»Nach drei Tagen deutscher Höflichkeit – ein Mal. Dann mach ich das wieder selbst.«

Mit elegantem Schwung befreite er Thörnlund von dem dicken Umhang.

»Also, was war?«, drängte Malte Stormquist.

»Darf ich mich erst einmal setzen«, stöhnte Anja Thörnlund. »Ein Kaffee wäre auch nett.«

»Kaffee kommt sofort, Madame. Darf ich Sie nach drei Tagen Kontinent noch mit Du anreden.«

»Mich hat fast jeder mit Du angeredet. Die kommen da unten langsam auch auf den Geschmack.«

Lindström zog verwundert die Augenbrauen hoch.

»Carlo, was ist mit ihm?«, fragte er.

Die Anspannung stand allen ins Gesicht geschrieben. Thörnlund gab einen ausführlichen Bericht. Dann fragte sie: »Habt ihr nun endlich geklärt, ob Herenstam noch Kinder hat?«

»Ja, hat er. Das war bei den ersten Ermittlungen aufgrund eines Drehers bei der Personennummer Herenstams untergegangen«, sagte Stormquist entschuldigend.

»Er heißt Clas Herenstam, ist in Örebro gemeldet, aber mit einer Frau zusammen, die hier in Åmål wohnt.«

»Gemeldet hat der sich aber nicht bei uns.«

»Nein, die Vaterliebe scheint da nicht allzu groß zu sein. Immerhin hat der das ja in der Zeitung und im Fernsehen mitgekommen.«

»Wart ihr schon dort?«, fragte Thörnlund.

»Nein, wir wollten deine Einschätzung erst hören, bevor wir wieder einen Fehler machen«, verteidigte sich Stormquist.

»Einen Fehler machen wir, wenn wir den nicht unter Schutz stellen. Die Rache für das sechste Kind Röpekkas könnte ihn treffen.«

»Warum denkst du das?«, wollte Lindström wissen.

»In ihren Aufzeichnungen deutet Röpeckas Enkelin an, dass der Herenstam Röpecka ein zweites Kind gemacht hat. Sie könnte Carlo davon erzählt haben.«

»Und wir glaubten, Carlos Opfervorrat sei erschöpft«, stöhnte Stormquist. »Wir können nur hoffen, dass deine

184

Annahme falsch ist.«

»Spielen wir hier Russisch Roulette?«, erregte sich Anja Thörnlund.

»Nein, spielen wir nicht!« Malte Stormquists Gesicht war gerötet. »Wir suchen diesen Sohn auf, damit du beruhigt bist.«

Thörnlund drehte sich verärgert zu Lindström um. »Gerade jetzt, wo wir vielleicht einen weiteren Mord verhindern können, schwächelt ihr.«

»Wir schwächeln nicht«, sagte Lindström ruhig. »Wir wägen Chancen und Risiken ab und unsere Möglichkeiten. Der junge Herenstam hat Kind und Lebensgefährtin. Wie sollen wir die alle schützen aufgrund eines vagen Verdachtes? Wir müssen diesen Carlo zu fassen kriegen, das ist das Ziel.«

Anja Thörnlund hatte sich beruhigt und versank in Nachdenken, bevor sie sagte: »Sollten wir den Carlo nochmals kontakten?«

»Keine Chance!« Malte Stormquist ging einen Schritt auf Anja zu. »Der fühlt sich ausgetrickst und redet kein Wort mehr mit uns.«

»Als Logiker hättest du recht«, verteidigte sich Thörnlund. »Aber er will Aufmerksamkeit und vielleicht sogar ein Ende des Elends. Und das bekommt er nur von uns.«

»Was haben wir zu verlieren«, versuchte Lindström zu vermitteln. »Anja könnte Recht haben. Unsere traditionellen Methoden sind ausgereizt. Carlo scheint sich in Luft aufgelöst zu haben oder hat sich eingegraben wie ein Maulwurf. Aber er hat ein Handy, das er erstaunlicherweise immer wieder schafft aufzuladen. Weiß der Himmel wie!«

»Gut, dann Brainstorming!« Anja Thörnlund hatte jetzt wieder Mut gefasst und wollte die Kollegen in Gang bringen, bevor sie es sich anders überlegen könnten.

»Es wäre gut zu wissen, was er weiß«, begann Lindström. »Weiß er von diesem Herenstam Sohn?«

»Was glaubt er zu wissen, was wir wissen?« sagte Thörnlund.

»Jetzt verliere ich den Faden«, stöhnte Malte Stormquist. »Könnt ihr euch auch in einfachen Sätzen ausdrücken!«

»Ist doch logisch!«, sagte Thörnlund. »Er kann ja nicht wissen, dass ich in Deutschland war und in den Aufzeichnungen seiner Großmutter gelesen habe.«

»Logisch, logisch!« Stormquist blickte gequält. »Das ist ihm vielleicht alles scheißegal. Er sucht und er findet, irgendeinen, auf den er seine Wahnvorstellungen richten kann, Herenstam, sich selbst oder ...«

»Halt!« stoppte Lindström den Redefluss. »Du sagst: Sich selbst. Das ist vielleicht ein Lösungsansatz. Schaffen wir es, dass er die Aggression statt gegen andere gegen sich selbst richtet, dann ...«

»Willst du ihn zum Selbstmord anstacheln?«, fragte Anja Thörnlund entsetzt.

»Das scheint nicht nötig zu sein. Alles deutet darauf hin, dass er seinem eigenen aus dem Ruder gelaufenen Trieb ein Ende setzen will, wie auch immer. Wenn wir die Wahl hätten zwischen einem fremden Opfer und einem Selbstopfer. Wie würdest du dich entscheiden?«

»Ihr seid verrückt!!« Thörnlund stampfte wie ein Kind mit dem Fuß auf.

»Nicht wir, er!«, fuhr sie Malte Stormquist an. »Er hat vier Menschen auf dem Gewissen. Du selbst hast Argumente für einen fünften Tötungsversuch. Und wir moralisieren hier herum.«

»Das ist unmoralisch«, entrüstete sich Thörnlund. »Wir beginnen Gott zu spielen. Das steht uns nicht zu.«

»Wir spielen nicht Gott!« Jetzt war Lindström sichtbar erregt. »Es geht um die Verhinderung einer Straftat.«

Anja Thörnlund war außer sich. »Du musst nicht deine eigenen Rachefantasien auf andere projizieren.«

»Ich habe keine Rachefantasien!« Lindströms Stimme überschlug sich. »Ich weiß, worauf du anspielst. Das war das einzige und letzte Mal, das ich mit dir über meine persönlichen Probleme gesprochen habe.«

Anja Thörnlund schlug die Hände vors Gesicht und brach in Schluchzen aus. Lindström atmete schwer. Stormquist sah hilflos auf die beiden herab.

»Entschuldige!«, kam es kraftlos hinter Thörnlunds Händen hervor. Lindström brauchte eine Weile, bis er sich gefasst hatte. Dann ging er zu Anja Thörnlund und legte seinen Arm um ihre Schultern. »Es ist alles ein bisschen viel für uns alle. Komm zuruck!«

Anja sah vorsichtig hinter ihren Händen hervor und versuchte in Lindströms Gesicht zu lesen. Lindström nickte ihr lächelnd zu und ihr Gesicht erhellte sich zögernd.

»Selbsttötung ist keine Straftat«, sagte Stormquist betont sachlich.

»Richtig! Auch nicht die Duldung, nicht einmal die Anstiftung!«, ergänzte Lindström. Er machte eine beschwichtigende Handbewegung.

»Eine Idee ist noch kein Plan und ein Plan ist noch keine Handlung. Wir wissen doch nicht einmal, ob es eine Möglichkeit gibt, Carlos Attacken umzulenken, wenn es denn überhaupt noch etwas umzulenken gibt.«

Es entstand eine Pause, in der alle versuchten, sich zu beruhigen.

»Wir könnten ihm sagen, dass wir wissen, dass er nach einem fünften Opfer sucht. Das lässt ihn vielleicht resignieren«, schlug Thörnlund zögernd vor. »Wir könnten uns auch unwissend stellen und das mögliche Opfer observieren lassen. Er ist geschwächt, seine Reserven müssen erschöpft sein. Er ist durchschaubar geworden.«

»Wie in Lillekasen neulich!«, höhnte Stormquist.

»Das war einfach Pech mit dem Radio. Das konnte man nicht vorhersehen«, sagte Lindström.

»Pech kann uns wieder treffen. Und dann sitzt da kein Dummy in der Bude, sondern ein Familienvater.«

»Okay!«, seufzte Stormquist. »Wir sagen ihm, dass wir es wissen, wissen, dass er ein weiteres Opfer sucht. Wird er dann die Waffe gegen sich selbst richten?«

»Welche Waffe? Mehr als ein Fahrtenmesser hat er nicht. Der kann sich doch nicht selbst erdroseln.«

»Welch eine kranke Diskussion.« Anja Thörnlund wandte sich ab.

Lindström goss Tomatensoße über die aufgetauten Kötbullar. Er hatte vergessen sein Handy auszuschalten, wie er es ansonsten jeden Abend tat. Das ungewohnte Signal, das eine Mail ankündigte, schreckte ihn auf. Er tippte auf das Symbol und erstarrte, als er die ersten Worte der Mitteilung sah.

Bulle, jetzt weiß ich, wer Du bist, der mich verarscht, mich nicht ernst nimmt, keinen Respekt hat. Den Pettersson, den gibt es gar nicht. Ihr wolltet mich reinlegen, ihr Schweine. Der Trottel auf dem Revier in Åmål hat mir deine eMail Adresse gegeben. Ich hab ihm gesagt, ich wüsste, wen der Mörder als nächstes ausgeguckt hat. Du bist der nächste, wenn ich den letzten, der Röpecka ein Kind gemacht hat, nicht finde. Dann denke ich mir einfach, du bist es gewesen.

Lindström war jede Farbe aus dem Gesicht gewichen, dann fühlte er die Hitze aufsteigen und sein Kopf schien zu platzen.

Die letzte Schranke war durchbrochen. Er war plötzlich schutzlos, genau wie Carlos Opfer zuvor. Er hätte gerne laut geschrien vor Wut und Verzweiflung. In einer der letzten Nächte hatte er noch von Menschen geträumt, die nachts vor seinem Haus auftauchten. Jetzt war die Bedrohung Wirklichkeit. Er war nie auf die Idee gekommen, dass Carlo nicht nur ihre Einsätze beobachten könnte, sondern auch jeden aus dem Team. Das war kein Albtraum mehr, das war grausame Bedrohung. Er starrte auf die schwarzen Fensterhöhlen in seinem Zimmer. Schlich Carlo bereits auf seinem Grundstück umher? Schweißüberströmt hieb er auf alle Lichtschalter. Die Außenbeleuchtung rund um das Haus flammte auf und reichte bis zu den ersten Stämmen des Tannenwaldes. Er hatte die Bedrohung um ein paar Meter zurückdrängen können. Sollte er den Notruf wählen? Was jedoch sollte die Polizei tun? Sie würde ihm raten, in ein Hotel zu ziehen, bis der Fall geklärt sei.

Kapitulation! Niemals! Lindström war aufgesprungen, ging zu seiner Dachkammer und holte seine alte Dienstwaffe aus dem Versteck. Er wusste genau, dass die Sicherheit, die sie versprach, nicht wirklich existierte. Sie war eher eine zusätzliche Gefahr. Doch Lindström war jetzt kein Polizist mehr, der eine Situation kontrollierte, sondern ein potentielles Opfer wie tausende Menschen vor ihm, getrieben von Instinkt. Und dieser Instinkt kannte nur zwei Alternativen, fliehen oder angreifen. Wohin sollte er fliehen. Carlo beobachtete und folgte ihm bereits. Davon musste er ausgehen. Angreifen? Wen und wie?

Seinen ersten Gedanken, Stormquist anzurufen, hatte er nicht in die Tat umgesetzt. Aus Scham, aus Stolz? Er wusste es nicht. Wie auch sollte der ihm helfen? Ratschläge konnte er sich selbst geben, aber er musste sich eingestehen, er war völlig hilflos.

Gegen jede Vernunft goss er sich ein halbes Wasserglas Whiskey ein. Er spürte, wie sich sein Körper etwas entspannte. Zumindest gaukelte sein Gehirn ihm das vor. Er las die Mail ein zweites und ein drittes Mal. Dann wusste er, was er zu tun hatte.

*

Er rief das Revier in Åmål an und fragte nach dem Diensthabenden.

»Berglund«, meldete sich ein offensichtlich schon älterer Polizist.

Lindström versuchte sich zu beherrschen.

»Hat bei dir in den letzten Stunden einer angerufen und nach meiner eMail-Adresse gefragt?«

»Das meinst du doch nicht im Ernst. Wir geben doch keine Adressen raus, niemals.«

»Seit wann bist du im Dienst?«

»Seit heute Morgen. Warte, ich schau in unsere Anrufliste.«

Es verging eine Weile und Lindström trommelte nervös auf die Tischplatte.

Dann meldete sich der Kollege wieder. »Kein Anruf diesen Inhaltes. Ich habe nachgesehen, auch gestern nicht. Tut mir leid.«

»Das muss dir nicht leid tun, im Gegenteil. Hab vielen Dank und gute Nacht.«

Jetzt verstand Lindström gar nichts mehr. War diese Mail ein Fake, ein derber Spaß? Das gab keinen Sinn. Die Einzelheiten darin wussten nur sein Team und der Täter. Konnte der auf andere Weise an seine Mailadresse gekommen sein? Sie war nirgendwo öffentlich registriert.

»Scheiße!« brüllte er. Der Schweiß brach ihm erneut aus. Er erinnerte sich an die Mail, die Carlo aus der Einsatzzentrale geschickt wurde. Er hörte noch Anja

Thörnlund sagen: »Schon wieder der Computer abgestürzt. Kann ich mal dein Smartphone haben?«

Gedankenlos hatte er ihr das Gerät gereicht. Damit hatten sie ohne es zu wollen seine eMail-Adresse als Absender übermittelt.

Jetzt blieb ihm keine Wahl mehr als Stormquist anzurufen.

*

Eine halbe Stunde später stand dessen Wagen vor seinem Haus.

»Bleib ruhig, Sven«, sagte er, als er sah, dass sich Lindström nicht mehr unter Kontrolle hatte. »Wir kriegen die Kuh vom Eis.«

Er las sich die Mail immer wieder durch.

»Ich denke, die ist echt. Die kommt von ihm.«

»Ja, leider denke ich das auch.«

»Er hat eine Bedingung genannt. Du bist für ihn nur ein Ersatzopfer. Das heißt, er will nicht dich. Das gibt in seiner Zielvorstellung keinen Sinn. Du gehörst nicht zu den ‚Auserwählten‘. Ich würde verstehen, wenn er in einer Kurzschlusshandlung das täte, was er dir androht, wenn er sein fünftes Ziel nicht findet. Aber eine angedrohte Kurzschlusshandlung ist eben keine Kurzschlusshandlung. Die Drohung ist also erst einmal ein Bluff.«

»Ich finde das nur schwach beruhigend.«

»Kann ich verstehen.« Malte Stormquist sah eine Weile auf seine Schuhspitzen, so als würde er dort die Lösung finden.

Lindström wiegte hilflos den Kopf.

»Du weißt, was mir dieses Fleckchen Erde bedeutet. Ich hab hier schon einmal etwas verloren.« Er sah Stormquist flehend an. »Ich muss das aufhören, verstehst du.«

Er fasst ihn am Arm wie ein Ertrinkender.

Stormquist sah hilfesuchend aus dem Fenster gegen die erleuchtete Baumreihe und sagte stimmlos: »Wir müssen das aufhören. Wir müssen ihm das fünfte Opfer liefern.«

»Das haben wir schon mal versucht«, sagte Lindström resigniert. »Deshalb ist er ja so außer sich.«

»Richtig. Diesmal muss es echt sein. Wir müssen ihm den Herenstamsohn liefern.«

»Du bist verrückt.« Lindström stieß Stormquists Arm von sich weg.

*

Der Briefträger hatte mit seinem vollbepackten gelben Fahrrad das Einfamilienhaus in der Myrgatan erreicht und stieg ab. Bevor er die Post in den Briefkasten stecken konnte, winkte der Bewohner von der Eingangstür aus dem Postboten zu.

»Warte ich komme und nehm es dir ab.«

Der Mann in der gelb-blauen Postjacke lächelte dankbar und übergab Clas Herenstam das Bündel.

»Pappa! Post?«, sagte das kleine Mädchen, das ihrem Vater von der Eingangstür des Hauses aus zusah.

»Ja, warte ich komme hoch. Du hast keine Schuhe an.«

Er ging die wenigen Schritte zum Haus zurück und schob seine Tochter sanft in den Flur. »Ich glaube, es ist Post von Mamma dabei, schau mal.«

Die Achtjährige nahm das Bündel Briefe gierig in die Hand. »Ja, das hier ist von Mamma.«

Sie hüpfte mit den Briefen durch die Küche und ließ dabei einige zu Boden fallen. Clas Herenstam bückte sich und sammelte die Post lachend ein. »Gib mal her.« Er sortierte die Briefe, nahm den mit dem hellblauen Umschlag an sich und öffnete ihn mit dem Brotmesser. » Ah, ja. Sie schreibt …, sie schreibt … Ach! Lies doch selbst!.«

Gierig nahm die Kleine den Brief an sich und versuchte die Schrift ihrer Mutter zu entziffern.

»Oh, toll! Ich darf zu ihr fahren.«

»Okay. Dann fahren wir heute zur Bahn, kaufen eine Karte und morgen früh setze ich dich in den Zug nach

Falköping. Bekommst du das hin?«

Seine Tochter sah ihn vorwurfsvoll an.

»Ja, ja, war ja nur eine Frage«, lachte Herenstam und piekste ihr mit dem Zeigefinger auf die Nase.

*

Lindström, Stormquist und Thörnlund ließen den zivilen Dienstwagen langsam in die Myrgatan rollen, an den einfachen Villen vorbei bis zur Nummer 12.

»Hier kannst du nackt herumlaufen«, sagte Stormquist mit Blick auf die menschenleere Straße.

»Erspare uns das«, grinste Lindström.

»Da steht ein Saab in der Auffahrt. Sollen wir reingehen?«, meinte Anja Thörnlund.

In diesem Moment öffnete sich die Eingangstür und Herenstams Tochter sprang heraus.

»Deine Mütze!«, drang eine Stimme aus dem Haus.

Clas Herenstam kam mit der Strickmütze heraus und warf sie dem Mädchen zu.

»Fahr weiter!«, sagte Lindström. »Fahr! Wir müssen den Mann ohne das Kind sprechen.«

Unauffällig beschleunigte Stormquist den Wagen und parkte ihn am Ende der Straße.

Im Rückspiegel sahen sie, wie Herenstam mit seiner Tochter in den Wagen stieg und dann langsam das Grundstück verließ und in Richtung Innenstadt fuhr.

»Gib mir seine Handynummer«, sagte Lindström zu Stormquist und tippte sie dann in sein Gerät.

Es dauerte eine Weile, bis Herenstam abhob.

»Hier ist Kriminalkommissar Lindström. Es geht um

den Tod deines Vaters. Können wir dich möglichst ohne deine kleine Tochter sprechen?«

Es entstand eine Pause. Stormquist und Thörnlund sahen Lindström fragend an.

»Nein«, sagte Sven Lindström. »Nicht morgen, es müsste noch heute sein.«

Es dauerte wiederum eine Weil, bis Lindström wortlos auflegte.

»Er bringt die Tochter zu einer Nachbarin. Die hat einen Hund, mit dem sie gerne spielt. In einer halben Stunde ist er zurück. Dann können wir zu ihm reingehen.«

*

»Ich wundere mich, dass ihr nicht schon längst einmal hier wart, nach dem, was meinem Vater geschehen ist«, sagte Clas Herenstam, als sie zu viert in seinem Wohnzimmer Platz genommen hatten. Die verstreut liegenden Spielsachen machten deutlich, wer Mittelpunkt der Familie war.

Als Herenstam Lindströms fragenden Blick sah, sagte er. »Ja, die letzten Tage war ich mit ihr allein. Sie ist ein Mädchen. Hier hat sie aber die Hosen an. Meine Lebensgefährtin ist in Falköping bei ihren Eltern. Lisa wird morgen mit der Bahn zu ihr fahren. Wir haben gerade die Billets gekauft.«

Lindström lächelte, wurde dann aber umso ernster. »Wir haben deinen Aufenthaltsort zuerst nicht ermitteln können.«

»Ha?«, sagte Herenstam verwundert.

Lindström ignorierte die versteckte Kritik.

»Wir haben inzwischen eine Beschreibung des mutmaßlichen Täters, ein Deutscher, der sich möglicherweise hier in der Gegend noch aufhält. Genau wissen wir das nicht. Die Morde stehen offenbar mit einer sehr alten Geschichte in Verbindung. Sagt dir der Name Röpecka etwas?«

Herenstam schaute zur Seite. »Der Name wurde von meinen Eltern und Großeltern gemieden, auch wenn er in der Gegend bei Gelegenheit immer mal auftauchte.«

»Du kennst also die Verwicklung eines deiner Vorfahren väterlicherseits.«

»Ja, ein alter Herenstam hat ihr ein Kind gemacht. Das wäre auch heute nicht so ungewöhnlich. Aber, dass die arme Frau dann in die Wälder gejagt wurde mit dem Kind und das ganze Drumherum, war meinem Vater und Großvater irgendwie peinlich. Sie mieden das Thema.«

Jetzt schaltete sich Malte Stormquist in das Gespräch ein. »Wurde vielleicht doch darüber gesprochen, dass auch ein anderes der sechs Kinder Röpeckas von deinem Vorfahren stammen könnte?«

»Du meinst, die Geschichte mit dem Pettersson und seinem Eid«, meinte Herenstam.

»Ja, genau das.«

Clas Herenstam schaute nachdenklich auf den Boden. »Man kann darüber spekulieren, wer wessen Kind ist. Aber das weiß natürlich heute keiner mehr.«

»Ganz so ist es nicht«, sagte Lindström.

»Wir wissen aus der DNA-Analyse, dass der Täter mit den Herenstams, also auch mit dir verwandt ist. Die Analyse deutet auf die weibliche Linie hin, also Röpekkas Tochter Elisabeth. Der Täter weiß das oder vermutet es zumindest.«

Clas Herenstam zuckte zusammen.

»Das ist der Wahnsinn«, sagte er jetzt sichtlich erregt. »Der muss verrückt sein. Wie kann einer nach so einer langen Zeit sich so etwas ausdenken.«

Lindström überlegte eine Sekunde, ob er Herenstam beruhigen sollte, entschied sich es nicht zu tun.

»Wir haben einen Psychiater befragt. Der hielt die Situation zwar für ungewöhnlich, aber durchaus im Rahmen bekannter psychischer Störungen. Es wurden schon Kriege begonnen, weil hunderte von Jahren zuvor das Land mal okkupiert wurde. Warum sollte ein Einzelner weniger verrückt sein?«

Herenstam hatte sich etwas gefasst.

»Vier Leute sind umgekommen. Röpecka hatte aber sechs Kinder, laut der Chronik von Anders Leifsson.«

»Oder sechs Kinder von fünf Vätern, nicht wahr. Einen der Väter hat der Lauf der Geschichte verschluckt, aber ein fünfter Mord wäre eine Option«, meine Stormquist und deutete ungewollt auf Clas Herenstam.

»Der Mord an einem Nachfahren des Knechts«, sagte Herenstam. Und es klang wie ein Hoffnungsfunken in seiner Stimme, der durch Stormquist sofort gelöscht wurde.

»... oder an einem Herenstam.«

Clas Herenstam sprang auf, ging ans Fenster und stierte hinaus. Alle schwiegen.

Nach endlos erscheinenden Minuten kam er zurück, wollte etwas sagen, aber die Stimme versagte ihm. Er sackte auf dem Sessel zusammen, fuchtelte mit den Händen und schüttelte den Kopf.

Lindström fühlte sich jetzt verpflichtet ihn zu beruhigen. »Wir wollen nicht unnötig die Pferde scheu machen. Aber du solltest die Zusammenhänge kennen. Es ist ja nur eine vage Möglichkeit.«

»Und was jetzt?« Herenstam wirkte verzweifelt. »Gut, dass meine Tochter nicht hier sein wird und meine Lebensgefährtin.«

»Das erleichtert es uns, dich zu schützen. Wir werden die nächsten Tage Kollegen hier postieren. Sie werden die Umgebung des Hauses beobachten, Nachbarn befragen und dir unauffällig folgen, wenn du außer Haus gehst.«

Lindström wusste, dass Herenstam sensibilisiert war. Nun konnte er den Druck auf ihn mindern. Er war sicher, dass Clas Herenstam die Drohung ernst nehmen würde, ohne panisch zu reagieren.

»Das sind ja tolle Aussichten für mein Leben«, sagte der resigniert.

Stormquist rang sich ein Lächeln ab. »Es kann nicht mehr lange dauern, bis wir den Mann haben. Ein Foto wird veröffentlicht, wir haben eine landesweite Fahndung laufen. Wenn er irgendwo auftaucht, und er muss irgendwo auftauchen, dann haben wir ihn.«

Herenstam wirkte nicht überzeugt. Stormquist legte seine Hand auf seinen Arm.

»Du bekommst hier so einen Sender. Da drückst du drauf, wenn du Hilfe brauchst. Wir sind dann sofort da. Sag uns immer Bescheid, wenn du das Haus verlässt, dass wir das mit der Bewachung abstimmen.«

Herenstam nickte stumm und fragte dann nach einer Weile: »Was soll ich meiner Lebensgefährtin sagen?«

Lindström war aufgestanden und ging unruhig auf und ab. »Ich würde empfehlen, ihr nichts zu sagen. Andernfalls ist sie möglicherweise so beunruhigt, dass sie herkommt. Das würde unsere Bewachung fast unmöglich machen.«

Clas Herenstam nickte. »Ich kann jetzt schon mal sagen, dass ich irgendwann in den nächsten Tagen zum Haus meines Vaters fahre, um Sachen dort zu ordnen.«

»Wir werden das in unseren Plan einbauen. Rede am besten mit niemandem darüber.«

Jetzt war auch Stormquist aufgestanden, nickte Anja Thörnlund zu, die während des Besuches geschwiegen hatte.

Tief durchatmend verließen sie das Haus. Im Garten des Nachbarn tobte Lisa mit einem kleinen Hund.

*

Stormquist und Thörnlund trafen sich am Abend in Lindströms Haus. Es war seine Idee gewesen.

»Warum so geheimnisvoll«, wunderte sich Malte Stormquist.

»Ist euch klar, dass das, was wir jetzt machen, machen müssen, durch kein Gesetz und keine Polizeiverordnung gedeckt ist?« Lindström sah die beiden eindringlich an. »Wir müssen das Team aus der Sache heraushalten. Und ich werde Euch beide aus der Sache heraushalten.«

»Das kommt gar nicht infrage«, protestierte Anja Thörnlund. »Wir ziehen das gemeinsam durch.«

»Nein, das tun wir nicht!« Lindström war aufgestanden. »Ich selbst habe nichts zu verlieren. Ich bin nicht mehr im Polizeidienst. Wer kann mir noch groß schaden?«

Malte Stormquist sah auf Lindström. »Ganz ruhig! Noch haben wir nichts beschlossen. Da brauchst du nicht in vorauseilendem Gehorsam Verantwortung übernehmen. Wie sagen wir's Carlo, das ist doch die Frage.«

Anja Thörnlund hatte sich wieder etwas beruhigt. »Warum versuchen wir nicht doch noch ihn von weiteren Taten abzuhalten? Warum machen wir ihm nicht klar, dass mit dem Fortfall dieses Petersson für ihn keine Zielperson mehr da ist? Sein Auftrag ist erledigt. Ende.«

Lindström ging im Zimmer auf und ab, den Kopf gesenkt. Dann blieb er stehen. »Er wird sich damit nicht zufrieden geben. Solange in seinem Kopf ein Restverdacht auf einen noch möglichen Nachfahren der Röpeckamänner bleibt, wird er ein Opfer suchen. Und er weiß um die Möglichkeit, dass Herenstam Röpecka ein zweiter Mal geschwängert hat. Davon müssen wir einfach ausgehen.«

Stormquist trommelte nervös auf die Tischplatte. »Soweit waren wir schon einmal. Wie können wir Carlo mit der passenden Information versorgen. Den Clas Herenstam hat er bestimmt noch nicht ausgegraben. Nicht mal wir hatten den auf dem Radar.«

Lindström füllte die inzwischen leeren Gläser auf.

»Soziale Medien«, sagte Anja Thörnlund unvermittelt. »Das ist der einzige Kanal, der uns zu ihm führen kann. Die Presse müssen wir raushalten. Darüber darf gar nichts laufen. Aber er liest Mails, stöbert sicherlich im Internet.«

»Wahrscheinlich googelt der sich ständig selbst«, grinste Stormquist.

»... und wird dabei auch jede Menge Treffer landen«, bestärkte ihn Anja. »Die Presseartikel und vielleicht gibt es ja inzwischen Blogs, in denen über die vier Morde palavert wird.«

»Darauf kannst du wetten«, sagte Stormquist.

»Aber wie soll das gehen?« Lindström sah die beiden fragend an.

»Wir klinken uns in einen solchen Blog ein und lassen ihm unterschwellig die Information zukommen, dass es noch einen Herenstam gibt.«

»Willst du gleich die Adresse mit anfügen?« Stormquist

verzog ironisch die Mundwinkel.

»Vielleicht geht es auch intelligenter.« Anja Thörnlund schüttelte den Kopf. »Ich weiß aber auch noch nicht wie.«

»Das Dumme ist«, warf Lindström ein, »dass Clas Herenstam in der Stadt hier nicht gemeldet ist. Telefonbuch oder Internetsuche geben Carlo da keine Hinweise.«

Lindström stand am Fenster und starrte in das schwarze Nichts.

»Vielleicht müssen wir den Herenstam fiktiv selbst zu Wort kommen lassen«, brach Stormquist das Schweigen.

»Wie bitte!« Lindström wandte sich abrupt um.

»Na, ja. Er beteiligt sich an der Diskussion und erzählt, wie ihn der Tod seines Vaters und das ganze Drumherum mitnimmt und jetzt auch noch die Bullen vor seinem Haus in Åmål in der Myrgatan Wache halten.«

Anja Thörnlund erschreckte das diabolische Grinsen von Malte Stormquist.

*

Clas Herenstam versuchte sich nichts anmerken zu lassen, als er seine Tochter zum Bahnhof brachte. Er wartete, bis der Zug den Bahnhof verlassen hatte und ging dann zu seinem Wagen. Er atmete erleichtert auf. Vorsichtshalber war das Bahnpersonal im Zug angewiesen worden, ein Auge auf die Kleine zu werfen und seine Lebensgefährtin hatte er unter einem Vorwand gebeten, Lisa nicht aus den Augen zu lassen.

Als er wieder im Haus war, packte er einige leere Kartons ein. Im Haus seines Vaters mussten noch Erinnerungsstücke aus seiner Kindheit sein. Die wollte er der Räumungsfirma, die das Haus in den nächsten Tagen leeren sollte, nicht überlassen. Seit der Scheidung seiner Eltern hatte er seinen Vater nur zweimal getroffen, auf der Beerdigung eines Onkels und durch Zufall in der Stadt auf dem Herbstmarkt. Der Zorn auf ihn war auch nach seinem Tod nicht gewichen und er konnte sich auch nicht überwinden, zu dessen Beerdigung zu gehen. Er konnte nicht Trauer heucheln, wo keine war.

Clas Herenstam war gespannt, was er in der Wohnung seines Vaters vorfinden würde, Dinge, die zu einem Leben gehörten, an dem er die letzten zwanzig Jahre nicht teilhatte.

Gedankenverloren schlug er die Heckklappe seines Wagens zu und setzte sich hinter das Steuer. Er sah, wie das Polizeifahrzeug, das auf der anderen Seite parkte, sich in Bewegung setzte und am Ende der Straße abbog.

‚Der Notruf‘, fuhr es ihm durch den Kopf. Er stieg

noch einmal aus, ging in die Wohnung zurück und holte das Gerät. Im Wagen legte er es neben sein Mobiltelefon auf den Beifahrersitz. Langsam rollte er auf die Ausfahrt zu.

Er sah nur einen Schatten, der von links auftauchte. Dann hörte er auch schon das hässliche Geräusch, das entsteht, wenn Metall auf Metall stößt. Er hatte den Fahrradfahrer nicht kommen sehen. Er fasste es nicht, woher der plötzlich aufgetaucht war. Seine Starre wich schon nach einer Sekunde und schlug in Wut und Verzweiflung um.

»Verdammte Scheiße auch noch.«

Er öffnete langsam die Fahrertür, stieg aus und sah den Mann, der halb unter, halb über seinem umgestürzten Fahrrad lag.

»Mein Gott, Mann, bist du verletzt?«

Die Frage war überflüssig. Auf der linken Gesichtshälfte zeichnete sich eine große ungleichmäßig gezackte Wunde ab.

Ein Stöhnen kam aus dem Mund des Mannes. Unter einer Pudelmütze lugten lange rote Haare hervor. Herenstam griff nach der Hand des Verletzten und versuchte ihn vorsichtig aus dem Rahmen des Fahrrades zu ziehen.

»Ich rufe gleich den Notarzt. Kannst du aufstehen?«

Ächzend kam der junge Mann auf die Füße.

»Ich bringe dich ins Haus, bis der Arzt kommt.«

Herenstam stutzte, als er die Verletzung jetzt aus der Nähe sah. Gestützt durch Clas Herenstam humpelte der

Mann die wenigen Schritte zum Haus. In der Küche zog Herenstam einen Stuhl unter dem Tisch hervor und half ihm beim Niedersitzen.

∗

Die beiden Polizisten hatten den Hof des alten Herenstam erreicht.

»Sieht ruhig und friedlich aus.«

Sie gingen die wenigen Schritte zur Haustür.

»Die Versiegelung ist noch dran.«

Sie umrundeten das Gebäude, fanden weder aufgebrochene Fenster noch Anzeichen eines unerwünschten Besuches.

»Wo bleibt der eigentlich?«, fragte Bengt Frölund, einer der beiden Polizisten. »Der ist doch direkt nach uns vom Hof gefahren.«

»Wird schon kommen«, brummte sein Partner lustlos und öffnete seine Thermosflasche.

Frölund blickte unsicher auf den Weg zurück, den sie gerade gekommen waren.

»Das dauert mir zu lange. Ich ruf den jetzt an.«

»Willst du auch einen Kaffee?«

»Da meldet sich keiner«, sagte Frölund verunsichert.

∗

Malte Stormquist saß frustriert vor dem Aktenberg auf seinem Schreibtisch. In den letzten Tagen war der Papierstapel kontinuierlich angewachsen.

»Wenn wir Carlo nicht bald finden, muss ich ein Feuer machen, um das hier loszuwerden«, grunzte er frustriert. Als er gerade nach dem obersten Vorgang griff, läutete das Telefon.

»Bengt Frölund«, sagte die Stimme am anderen Ende. »Wir sind dem Herenstam vorausgefahren, aber jetzt kommt er nicht.«

»Was heißt das?« Noch war die Stimme Stormquists ruhig.

»Na, als der mit dem Wagen von seinem Grundstück startete, sind wir vorausgefahren zu dem Tatort, wo er hinwollte.«

»Ihr habt ihn also auf der Fahrt aus den Augen verloren«. Stormquists Stimme hob sich.

»Nein, ja, er rollte doch schon los.«

»Ihr bleibt, wo ihr seid!«, bellte jetzt Stormquist und ließ seinen Emotionen freien Lauf.

»Es ist doch immer dieselbe Scheiße mit diesen Landbullen.«

Er war aufgesprungen.

»Ist der Lindström noch da?«, rief er in die Halle.

»Ja, der Lindström ist noch da. Was hat er denn, der Stormquist?«

Sven Lindström stand, die Arme in die Seiten gestemmt, und blicke Stormquist an. Malte ging kopfschüttelnd auf seinen Partner zu.

»Die haben den Herenstam aus den Augen verloren, diese …«

»Ja, ich weiß, was du von der örtlichen Polizei hältst. Komm wir fahren hin, bevor die noch mehr Unheil anrichten.«

Sie rasten die 164 nach Westen. Während Stormquist fuhr, rief Lindström das Revier in Åmål an. »Hört zu, eure beiden Kollegen haben die Überwachung von Herenstam versaut. Jetzt schickt ihr jemanden in die Myrgatan, aber nur um vorsichtig zu schauen, wie es da aussieht. Keiner geht zu dem Haus, keiner ruft ihn an und ihr lasst euch nicht sehen.«

Kleinlaut kam die Bestätigung.

*

Sie hatten die Hälfte der Strecke geschafft, als sich die Polizeidienststelle aus Åmål meldete.

»Es hat da einen Unfall gegeben. Der Wagen von Herenstam hat ein Fahrrad gerammt. Das liegt auf dem Bürgersteig, niemand zu sehen. Sollen wir mal nachsehen?«

Stormquist riss Lindström das Mikrofon aus der Hand. »Was hat Lindström vor ein paar Minuten gesagt? Bleibt weg von dem Haus, verdammt noch mal!«

Lindström nahm das Mikrofon zurück. »Macht einfach, was er sagt.« Dann legte er auf.

Malte Stormquist trat auf die Bremse, wendete den Wagen, kurbelte das Fenster herunter und wuchtete das Blaulicht aufs Dach.

Als sie nach Åmål einbogen, nahm er es herunter und fuhr mit vorschriftsmäßigen 50 durch den Ort. Sie ignorierten das Polizeifahrzeug, das am Anfang der Myrgatan geparkt war und rollten langsam auf Herenstams Wohnung zu.

»Ich wette, der ist drin mit dem Fahrradfahrer«, sagte Lindström und griff zum Telefon.

Als er aufgelegt hatte, nickte er Stormquist zu.

»Keine Meldung aus der Notrufzentrale. Ich habe das ungute Gefühl, dass wir den Fahrradfahrer kennen. Das war kein Unfall. Sollen wir …?«

Malte Stormquist sah Lindström an und hob die Augenbrauen. »Dafür haben wir die Jungs. Ich rufe das SEK an.«

*

Als Clas Herenstam auf den Mann mit den langen, roten Haaren heruntersah, wurde ihm bewusst, wie ähnlich sie sich waren, nicht nur des etwa gleichen Alters wegen. Er erschrak bei dem Gedanken, dass sie, wenn auch drei Generationen zurück, gleiche Vorfahren hatten. Auch er hatte die roten Haare von Röpecka geerbt.

»Ich hole dir erst mal ein Glas Wasser«, sagte er zu seinem Gegenüber, der teilnahmslos vor ihm in der Küche saß.

Herenstam ging zur Spüle. Während er ein Glas mit Wasser füllte, angelte sich Carlo ein Messer und schob es blitzschnell unter seinen Oberschenkel. Als Clas Herenstam ihm das Wasser reichte, blickte er ebenso starr vor sich hin wie zuvor.

»Hier trink. Ich rufe jetzt einen Krankenwagen. Jemand muss dich röntgen.«

Doch als Herenstam sich umwenden wollte, schob Carlo unvermittelt sein Bein vor, so dass Herenstam anhalten musste. Er drehte sich um. Carlo hatte das Messer in der Hand und richtete es wortlos auf ihn. Aus dem hilflosen, mitleidserregenden Gesichtsausdruck war eine verzerrte Grimasse geworden.

Clas Herenstam erschrak zwar, blieb aber gefasst.

»Was wird das hier? Normalerweise bedrohe ich die Leute mit einem Messer, ich bin Chirurg. Aber die haben ihr Einverständnis erklärt. Ich bin aber damit hier gar nicht einverstanden.«

Er versuchte seine Erregung zu dämpfen, indem er sich vorstellte, das Carlo das Opfer wäre und nicht er.

Carlo war einen Moment lang verunsichert. Sein Tick setzte wieder ein. Er richtete das Messer auf Herenstam.

»Du, du bist einer von denen«, stieß er gepresst hervor.

»Von denen, was?« Herenstam wich nicht zurück.

»Von denen, die meine Mutter, meine Mütter auf dem Gewissen haben.«

Carlos nervöses Zucken wurde stärker.

»Du solltest mal was dagegen tun?«

»Gegen was?«

»Gegen das ...« Clas Herenstam ahmte Carlos Tick nach.

Carlos Kopf ruckte jetzt heftig zur Seite.

»Ja, gegen das Zucken. Das nervt dich doch.«

Carlo sah Herenstam mit großen Kinderaugen an. »Kannst du?«

»Nein, ich nicht, aber ich kenne einen Neurologen, der kann was dagegen tun.«

Carlos Stimmung schlug wieder um. Er fuchtelte mit dem Messer vor Herenstams Gesicht.

»Hör zu, Carlo!«

Bei der Nennung seines Namens zuckte Carlo zusammen und senkte das Messer in Richtung Herenstams Schritt.

»Hör zu. Was du mit meinem Vater gemacht hast, ist eine Riesensauerei, kein Thema. Aber davon abgesehen, ich konnte meinen Alten auch nicht leiden. Ich war nicht mal auf seiner Beerdigung.«

Carlo blickte Herenstam ungläubig an.

»Nicht mal auf seiner Beerdigung?«

»Nein, nicht mal auf seiner Beerdigung. Er hat viel Mist gebaut im Leben. Als meine Mutter mit mir von ihm wegging, war ich zehn. Kapierst du, das war vor über zwanzig Jahren. Trotzdem hätte ich ihm weder eins über den Schädel gegeben noch ihm die Eier abgeschnitten, wozu?«

Carlos Hand war nun völlig herabgeglitten, die Messerspitze zeigte auf den Fußboden.

Ohne dass er sich wehrte, zog Clas Herenstam Carlo die Mütze vom Kopf und legte sie auf den Tisch.

»Du hast die Beulen hier gar nicht von meinem Auto, die sind alt, nicht? Woher hast du sie?«

»Ein verdammter Köter, der von Feldt. Aber ich habe das Schwein doch ...«

»Ja, ja, ich weiß, du hast es ihm gegeben. Wozu machst du diese Scheiße?«

Auf Carlos Stirn und an seiner Nase bildeten sich Schweißtropfen.

»Ja, Scheiße, mein Scheißleben, das Scheißleben von meiner Mutter, von allen Müttern seit, seit ...«

Herenstam beugte sich leicht über ihn und sagte fast flüsternd.

»Du meinst doch nicht etwa, seit dieser Röpecka?«

»Ja, Röpecka.« Carlo schrie den Namen. Sein Gesicht verklärte sich plötzlich, wurde aber sofort wieder verbissen.

»Sie hat immer geschrien, wenn die Männer kamen, ich kann das Schreien nicht ausstehen.«

Carlo hielt sich mit verzerrtem Gesicht ein Ohr zu.

Herenstam nahm ihm mit sanfter Gewalt die Hand vom Ohr.

»Vielleicht hat die vor Lust geschrien. Hast du mal darüber nachgedacht? Vielleicht hat sie mal Spaß daran gehabt. Vielleicht hat sie die alten Säcke auch benutzt, damit sie was zu essen kriegt und paar Klamotten. Du hast doch bestimmt auch schon Mist gebaut, um an Kippen und Bier zu kommen.«

Herenstam fasste an Carlos Jacke.

»Wo hast du die her, geklaut, dein Fahrrad, einem weggenommen. Unsere Röpecka hat, statt zu klauen, etwas getauscht, eine Nacht mit dem dicken Herenstam gegen eine Woche Unterkunft und Verpflegung.«

Carlo erhob sich halb von dem Stuhl.

»Aber du, du musst nicht klauen und ficken, um zu essen.«

»Nein, mein Guter.« Herenstam beugte sich über Carlo, bis ihm sein Gesicht ganz nahe war. »Nein, ich schäle den Leuten die Mandeln aus dem Hals, ramme Spritzen in ihren Arm und schneide ihre Furunkel auf. Meinst du, das macht Spaß? Wir sind uns ähnlicher als du denkst. Hast du mal darüber nachgedacht? Nein, natürlich hast du nicht.«

Herenstam richtete sich wieder auf.

»In unsern Adern fließt eine Menge gleichen Blutes. Bei denen, die du da umgebracht hast, fließt jetzt nichts mehr.

Du hast einen Teil von dir selbst zerstört, einfach so.«

Carlo war auf dem Stuhl wieder zusammengesunken, hatte aber immer noch das Messer in der rechten Hand.

*

Das Sondereinsatzkommando hatte sich, durch Büsche des Nachbargartens verdeckt, vor dem Küchenfenster in Stellung gebracht. Lindström beobachtete die Szene aus dem Auto mit einem Fernglas.

»Ich sehe zwei Gestalten. Einer steht, der andere sitzt«, sagte Lindström unsicher. »Aber ich könnte nicht entscheiden, wer wer ist.«

»Aber du bist sicher, dass es Carlo ist, den der Herenstam da bei sich hat.«

»Sicher, sicher«, Lindström schlug mit der flachen Hand auf das Armaturenbrett. »Wenn Herenstam irgendeinen Unbekannten angefahren hätte, wären wir informiert. Carlo muss den Unfall provoziert haben. Wir müssen die da rauskriegen.«

Lindström nahm das Glas nicht von den Augen.

»Noch scheinen sie miteinander zu reden. Doch… Scheiße! …Jetzt …«

*

»Du kannst mir jetzt das Messer geben. Es ist ein Brotmesser. Damit kann man keinen umbringen.«

Carlo blickte ungläubig auf das stumpfe Messer.

»Wenn du ein richtiger Mörder wärst«, grinste Herenstam, »hättest du eine Pistole oder so was.«

Herenstam nahm Carlos Mütze vom Tisch und zog sie

über sein rotes Haar, hob die Hände an, imitierte einen Pistolenschuss und lachte.

Im nächsten Moment zersplitterte die Fensterscheibe und auf Herenstams Schläfe bildete sich ein dunkler Fleck. Clas Herenstam riss die Augen auf und brach zusammen. Ein Zucken durchlief seinen Körper. Dann war es still.

Carlo erstarrte, sprang dann auf, ließ das Messer fallen und stand hilflos mit den Armen fuchtelnd vor dem toten Herenstam. Sein Kopf zuckte wild. Er warf sich auf den Toten.

»Nein, nein, du darfst nicht ..., du doch nicht. Ich will sterben, ich, ich will frei sein, frei, frei!«

In diesem Moment wurde die Tür aufgestoßen. Polizisten stürmten den Raum und sahen fassungslos auf die Szenerie.

»Mich, mich müsst ihr töten, mich!«, schrie sie Carlo an. »Ihr macht ja alles falsch, alles falsch. Immer läuft alles falsch bei mir. Er doch nicht ... ich!«

Er zeigte abwechselnd auf den toten Herenstam und auf sich, breitete weit die Arme aus, bot seine Brust an und hämmerte dagegen.

»Nun, tut es doch endlich. Schießt auf mich, schießt auf mich. Hier, hier!«

Die Polizisten standen wie angewurzelt.

Dann tauchte Lindström auf, drängelte sich hindurch, starrte entsetzt auf Herenstam, dann ungläubig auf Carlo.

Lindström fühlte sich plötzlich unendlich müde. Er

winkte einen Polizisten hinzu. Gemeinsam nahmen sie Carlo in den Polizeigriff und führten ihn aus der Küche. Stormquist kam hinzu und kniete sich nieder zu Clas Herenstam, fühlte den Puls an der Halsschlagader und schüttelte den Kopf. Um den Leichnam breitete sich eine Blutlache aus.

*

Die Beamten des SEK standen verwirrt vor Herenstams Haus, einige räumten wie in Zeitlupe ihre Ausrüstung in die Wagen. Mittendrin saß der Todesschütze auf dem Boden, hatte das Gesicht in den Händen vergraben. Zwei Beamte hatten ihre Helme abgelegt, redeten tröstend auf ihn ein.

Carlo wurde von Lindström und einem Uniformierten in Handschellen aus dem Haus geführt und zwischen den mit gesenkten Köpfen umherstehenden Polizisten zu einem Wagen gebracht.

»Wie konnte so etwas passieren? Der muss doch gesehen haben ...«, schluchzte Anja Thörnlund.

»Wer hat denn den Befehl zum Schießen gegeben?«, presste Stormquist wütend hervor.

»Das SEK muss die Entscheidung selber treffen«, sagte Lindström resigniert. »Er muss sich sicher gewesen sein ... Ich weiß es nicht.«

»Die werden uns in der Presse in der Luft zerreißen.« Stormquist stampfte mit dem Fuß auf die Erde.

Thörnlund fuhr ihn erregt an. »Wenn das deine einzige Sorge ist.«

»Fangt nicht so an«, versuchte Lindström zu beruhigen. »Wer sagt es der Freundin von Herenstam?«

»Wie immer. Der, der fragt.«

Stormquist hatte sich noch nicht wieder in der Gewalt.

Lindström wandte sich ab, ging zu dem Todesschützen und kniete sich zu ihm nieder.

*

Stormquist und Thörnlund standen schweigend an der Kaffeemaschine ihrer provisorischen Einsatzzentrale, als Lindström hinzutrat. Alle drei wirkten müde und kraftlos.

»Geht jemand zu der Beerdigung von Herenstam?«

»Wir sollten gemeinsam hingehen«, sagte Anja Thörnlund, ohne Lindström anzusehen

»Wirkt das auf die Frau nicht wie eine Provokation?«, meinte Stormquist unerwartet mitfühlend.

Lindström sah nachdenklich an die Decke.

»Ich weiß es nicht. Aber wir sind ihm das schuldig. Wir müssen ja nicht in der vordersten Reihe stehen.«

»Übrigens, Carlo hat einen Antrag gestellt, bei der Beisetzung dabei zu sein«, sagte Thörnlund wie beiläufig.

»Ach! Das ist ja ein Ding.« Malte Stormquist war plötzlich hellwach. »Na, ja. Gefährlich werden kann er dem Herenstam ja nicht mehr.«

»Du hast einen schwarzen Humor«, meinte Thörnlund. »Carlo kann sich, glaube ich, nur noch selbst gefährlich werden.«

*

Am offenen Grab standen gegenüber dem Priester Herenstams Lebensgefährtin, das Kind an der Hand und eine Handvoll weiterer Trauergäste, etwas abseits die drei Kommissare. Carlo wurde von zwei Beamten dezent an Handschellen geführt. Sie hatten sich seitlich hinter der Gruppe platziert.

Während der Priester mit seiner Grabrede begann und die Blicke aller Beteiligten gesenkt waren, näherte sich im Hintergrund ein Taxi. Eine Frau in einem grauen Mantel, die Haare unter einem Tuch verborgen, stieg aus. Niemand außer Carlo nahm Notiz von ihr. Sein Gesichtsausdruck wechselte von Erstarren zu einem Lächeln. Sein verkrampfter Körper entspannte sich. Niemand nahm die Veränderung wahr.

Als die Frau nur wenige Schritte von ihm entfernt war, öffnete sie ohne Hast ihre Handtasche, entnahm ihr eine kleine silberne Pistole, hob sie an und drückte ab.

Als Carlo zusammensackte, zwang er die beiden Beamten, die ihn mit den Handschellen hielten, hinab auf die Knie. Wie im Gebet verharrend, kauerten sie neben dem sterbenden Carlo.

Dann fiel ein zweiter Schuss.

*

Die gemieteten Büroräume in Åmål waren geräumt, die meisten Polizisten bereits wieder an ihre Stationierungssorte zurückgekehrt, auch Malte Stormquist. Lindström und Thörnlund standen verloren in der leeren Halle.

Anja Thörnlund sah Lindström von der Seite an.

»Erzählst du mir jetzt bei einem Tee die Geschichte von Anna und Dir?«

Lindström sah sie mit einem Blick an, den sie noch nie an ihm beobachtet hatte. »Da müsste ich einen im …«

Er stutzte, als ihm bewusst wurde, was er da gerade gesagt hatte. Zum ersten Mal, seit sie sich begegnet waren, zog ein befreiendes Lächeln über sein Gesicht. »Hast du heute Abend Zeit?«

Sie lachte. »Ich bringe auch was mit, was du dir in den Tee schütten kannst.«

Sie wandte sich rasch von ihm ab, damit er nicht sah, wie sie errötete.

∗

Er sah sie in ihren schneeweißen Hosen und einer roten Wolljacke den Weg zu seinem Grundstück heraufkommen. Die Abendsonne flimmerte durch das Gezweig der Tannen und der entlaubten Birken. Sie schnaufte, als sie ihn erreichte und ihn umarmte. »Du hast vergessen, die Wegschranke aufzumachen. Also musste ich von da unten laufen.«

»Tut mir leid. Aber ich wollte mir die Leute etwas vom Leibe halten. Ich träumte, dass es nachts draußen plötzlich hell und laut wird. Und als ich aus dem Fenster sah, waren da Fahrzeuge und Scheinwerfer und die Meute rief höhnisch ‚Wo ist denn euer Mörder?' Ich wollte nicht, dass der Traum Wirklichkeit wird. Manchmal ist etwas Abstand nicht schlecht.«

»Abstand auch zu mir?«, fragte Anja fast traurig.

»Du rufst ja nicht ‚Wo ist der Mörder'. Und übrigens. Es war ein schöner Anblick, wie du da den Weg herauf kamst. Ich werde mich später einmal daran erinnern.«

Sie blickte verschämt zur Seite.

»Durst!«, murmelte sie, immer noch außer Atem.

»Den Sekt habe ich nicht vergessen«, sagte Lindström stolz.

»Sicher den, den ich dir aus Deutschland mitgebracht habe.«

»Nein«, beeilte er sich zu sagen. »Kommt aus dem Systemladen und aus Frankreich.«

»Also Champagner.«

»Nein, Schaumwein gibt es nicht nur dort. Lass dich überraschen.«

Der Sekt war eiskalt und prickelte in ihrer Nase, als Anja an dem Glas nippte. »Und wie komme ich nach Hause?«

»Darüber habe ich mir überhaupt keine Gedanken gemacht«, sagte Lindström wenig überzeugend.

»Du lügst!«

»Möglich.«

Er hatte seinen runden Tisch wieder aus dem Winterquartier geholt, auf seiner kleinen Veranda platziert, darum herum zwei Korbstühle, die er ansonsten nie benutzte, und einen Heizstrahler montiert, der einen lauen

Sommerabend vortäuschte. »Ich habe Essen für uns gemacht«, sagte Lindström stolz.

»Au weia!«

Er ging in die Küche und kam mit einer großen Schüssel voller Flusskrebse zurück. »Aber die Soße, die ist von mir.«

»Selbst gekauft?«

»Nein, selbst angerührt.«

Dazu stellte er eine Flasche Chardonnay und zwei neue Gläser.

Sie sprachen viel über die Arbeit, über Leute und die Tagespolitik. Doch keiner wagte, das schmerzende Thema anzusprechen. Als Anja gerade anhob nach dem zu fragen, was sich in diesem Haus vor drei Jahren abgespielt hatte, sagte Lindström völlig unvermittelt, so als hätte er ihre Frage geahnt und wollte das Thema wechseln. »Wieso sind wir eigentlich so sicher, dass Carlo bei allen Fällen der Täter war?«

Anja verschluckte sich an ihrem Weißwein, erstarrte und stellte dann hart ihr Glas auf den Tisch.

»Bist du verrückt?«, lachte sie. »Wer denn sonst?«

»Uninteressant erst einmal. Wir haben Glück, dass wir Carlo nicht vor Gericht bringen müssen.«

»Nun verstehe ich gar nichts mehr. Willst du sagen …?«

»Ich will nur sagen, dass man leicht in die Indizienfalle tappt. Alles ist so klar und eindeutig, so scheint es.«

»Ist es doch auch.«

»Wirklich?« Lindström nahm einen kräftigen Schluck.

»Wir haben Spuren von Carlo, mehr als genug, richtig?«

»Ja, sicher. Und die Videos.«

»Ist er darauf zu sehen?«

Anja zögerte. »Seine Stimme ist drauf. Die haben wir analysieren lassen.«

»Wunderbar. Aber wir sehen Hände, die zuschlagen, verstümmeln. Wer sagt uns, dass nicht ein zweiter die Aufnahmen gemacht hat, ein Profi, der weiß, wie man Spuren vermeidet. Und Carlo stand daneben, kommentierte und … führte uns an der Nase herum.«

Anja ließ sich in den Sessel zurückfallen. »Das glaubst du nicht wirklich?«

Lindström ging nicht darauf ein.

»Wir haben einen wesentlichen Punkt einer erfolgreichen Anklage nicht, wir haben kein Geständnis.«

»Aber das Gericht muss doch aus den eindeutigen Indizien die richtigen Schlüsse ziehen.«

»In den vierzig Jahren habe ich auch andere Erfahrungen gemacht. Ein Richter ist nicht prinzipiell darauf aus, einen Tatverdächtigen für schuldig zu erklären. Er wägt auch ab, ob es nicht Zweifel gibt, die einer Verurteilung entgegensprechen, auch wenn er, wie du und ich, persönlich davon überzeugt ist, den Täter vor sich zu haben.«

»Aber …«, versuchte Anja zu widersprechen.

»Schon mein kleiner Einwand hatte auch von einem Verteidiger kommen und das Gericht verunsichern können.«

Anja blickte kopfschüttelnd in ihr leeres Glas. Lindström schenkte ihr nach. »Du kannst beruhigt sein. Ich bin überzeugt, dass Carlo in allen Fällen unser Täter ist. Aber ich wollte dir zeigen, dass wir vorsichtig sein müssen mit unseren Überzeugungen.«

Anja war nachdenklich geworden.

»Du wirkst manchmal so verbittert«, sagte Anja nach einer Weile.

»Verbittert?« Lindström dachte nach. »Ich habe nur mehrfach erleben müssen, wie alles, was wir gemacht haben, der Aufwand, die Einsätze, die durchwachten Nächte, die geopferten Beziehungen …« Er schluckte. »… alles zwischen den Fingern zerrann, vor Gericht von ausgefuchsten Anwälten zerredet wurde. Oder es endete so wie mit Carlo.« Lindström zögerte. »Und dann mein letzter Fall, du weißt.«

»Das mit Anna.«

»Ja das. Ein Fall von nationalem Interesse.«

Lindström betonte das ‚national' in höhnischem Ton. »Ja, wir hatten die bösen Buben. Doch die bösen Buben waren unsere Jungs, mit höchstem staatlichem Auftrag, geschützt von ganz oben. Aber natürlich nur so lange wie sie funktionierten. Dann aber zog jemand seine schützende Hand von ihnen weg. Da wurden sie richtig böse und wollten mich ganz hart strafen, und …« Lindström wandte den Kopf ab. »Und sie haben es geschafft.«

»Hier!« Er stampfte wütend auf den Holzfußboden. »Hier unter diesen Dielen haben sie es geschafft, dass ich zu einem alten, verbitterten Mann wurde.«

Lindström Oberkörper fiel nach vorne, während er die

Ellbogen auf die Knie stützte und versuchte, sein Gesicht hinter den Händen zu verbergen.

Anjas Arme zuckten, wagten zuerst nicht, fassten dann
aber zu und legten sich um Sven Lindströms Hals.

»Vielleicht musst du deine Ansprüche an die Welt und
an dich zurücknehmen. Schau nicht immer nach innen.
Mach mal die Augen auf. So abstoßend ist das hier doch
nicht.«

Lindström nahm die Hände von den Augen und
blickte zuerst in den Wald und dann auf Anja.

»Na, geht doch« Anja nahm ihr Glas und trank.

Das Drehbuch

Die Umwandlung einer literarischen Vorlage in ein Drehbuch ist üblich. Bei RÖPECKA war es umgekehrt. Zuerst schrieb ich das Drehbuch, nichts anderes als die Umsetzung von „Bildern im Kopf" in eine filmische Dramaturgie. Ein Drehbuch jedoch enthält in der ersten Fassung im wesentlichen Dialoge und wenige szenische Hinweise. Erst im weiteren Produktionsprozess mit Regie, Szenenbildnern, Ausstattern, u.s.w. entsteht das fertige Script mit allen detaillierten Regieanweisungen. Ausnahmen bestätigen die Regel.

Nach der ersten Drehbuchfassung für RÖPECKA begann ich den umgekehrten Prozess. Beim Schreiben der Novelle mussten die „Bilder im Kopf" wieder auferstehen und in Texte verwandelt werden, ein Prozess, den ich mir leichter vorgestellt hatte.

Drehbuchschreiben ist ein Verdichtungsprozess, der keine epische Breite zulässt. Was im Roman geschildert, beschrieben und reflektiert werden kann, sollte in den Köpfen der Kinozuschauer entstehen, nicht auf der Leinwand.

Anders beim Lesen. Die breitere Schilderung im Text muss auch den „inneren optischen Rahmen" liefern für die Phantasie des Lesers. Der wandelt die Worte des Autors, wie ausführlich er auch die Szenerie beschreibt, in seine eigene Bildsprache um.

Das Lesen eines Drehbuches reicht in der Regel nicht aus, um den „inneren Bildgenerator" genügend mit Strom zu versorgen.

Zudem verlangt der Roman eine andere Dramaturgie als der Film. Rückblenden, d.h. das Einschieben von Erinnerungsbildern, zeitlichen Rücksprüngen sind im Film zu realisieren, ohne dass der Zuschauer den „Faden verliert". Der Hauptstrang der Handlung lässt sich durch die Szenerie, die Ausstattung der Protagonisten und die optische Bildgestaltung steuern.

Bei der literarischen Form besteht die Gefahr, dass sich der Leser im Gestrüpp der Handlungsstränge verirrt. Zumal der das Buch in der Regel nicht in einem Zug liest, sondern irgendwann abends im Bett ein Lesezeichen zwischen die Buchseiten schiebt und zwei Tage später die Lektüre fortsetzt.

So ist es auch mit der Romanform von RÖPECKA. Hier ersetzt moderne Technik die Visionen und Rückerinnerungen CARLOS im Film. Er schickt kryptische Mail- und Videobotschaften, die portionsweise sein paranoides Phantasiegebilde preisgeben. Schließlich führen die Ermittlungen nach Flensburg. Sie offenbaren seinen psychosozialen Hintergrund und damit die Motive für seine zunächst unerklärlichen Taten.

Der finale „Showdown" allerdings ist in Film und Roman fast identisch gestaltet.

Auf den nächsten Seiten sind für den interessierten Leser die ersten Seiten eines Drehbuches abgedruckt.

Dieter E. Wilhelmy

RÖPECKA
Drehbuch
- Auszug -

© Dieter E. Wilhelmy
Alle Rechte vorbehalten.
basierend auf den Recherchen
von Torsten Fransson
über die
verschwundene Frau „Röpecka", geb. 1823

Personen:

Kommissare Lindström,
Stormquist, Thörnlund et al.
Carlo alias Karl Schildt im
Alter von 12, 16, 33
Tina, Carlos Mutter
Carlos Großmutter
Röpecka
Herenstam sen. (um 1850)
Arne Herenstam
Klas Herenstam
Stig Feldt
Anders Leifsson (Dorfchronist)
Kommissar Klein
und andere

EXT. FLENSBURG OLUF-SAMSON-GANG TAG

Vor einem der mittelalterlich anmutenden Häuser hat sich
ein Kreis betroffen blickender Prostituierter gebildet. Ihr
schrilles Outfit, einige haben sich einen Mantel über die
Dessous gezogen, steht in krassem Gegensatz zur übrigen
Szenerie. Vor dem kleinen Haus parkt ein Leichenwagen.
Die Frauen starren auf den offenen Hauseingang, aus
dem schwarz gekleidete Träger einen Blechsarg heraus-
tragen und umständlich in den Leichenwagen schieben.
Im Vordergrund ein Mann mit langen rotblonden Haaren
(CARLO). Das Gesicht bleibt verborgen. Als der Wagen
abfährt, greift er nach einer Kette, die er um den Hals
trägt und zieht sie aus dem Hemdausschnitt. An ihr hängt
ein einfaches Kreuz. Seine Hand krampft sich um die Kette und und das Kreuz, bildet eine Faust und reißt sie mit
einem Ruck los. Die Augen, die Wut und Trauer ausdrük-
ken.

INT. POSTAUTO TAG

(Die POSTBOTIN, strenges, freudloses Gesicht mit Kurz-
haarfrisur, in Postuniform. Neben ihr ein junges Mädchen,
SMIRNA, in Jeans und Kapuzenpullover, hat ein flaches
Päckchen auf dem Schoß)

          POSTBOTIN
Widerlich, dieser Mensch, bekommt jeden Monat diese
Hefte, Schmutz und Schund.

          SMIRNA
(sieht sie fragend und gleichzeitig vorwurfsvoll an)

POSTBOTIN

Ja, ja, ich weiß. Ich sollte eigentlich nicht wissen, was in der Post ist. Aber das Paket war einmal eingerissen und man konnte sehen, was drin ist, widerlich! Und ich muss ihm den Dreck auch noch jeden Monat zustellen.

(Das Postauto biegt auf einen Hofplatz, Eine Scheune und mehrere Schuppen gruppieren sich um ein rotgestrichenes Haupthaus. Verrostete Geräte und ein Auto sind halb im Buschwerk eingewachsen. Ein alter Volvo steht neben dem Haus geparkt)

POSTBOTIN

Gib her, ich bring ihm das rein. Er muss dich nicht sehen. Sonst kommt er noch auf falsche Gedanken.
(Sie verlässt den Wagen, geht auf das Haupthaus zu. Die Eingangtür steht offen)

EXT.EINSAMES GEHöFT IN SCHWEDEN TAG

POSTBOTIN

Hallo, die Post!
(Sie wartet einen Moment und legt dann das Päckchen auf die Türschwelle. Während sie sich zum Wagen wendet, fällt ihr Blick auf das offene Scheunentor. Sie verharrt und starrt in die dunkle Öffnung. Zögernd nähert sie sich, erstarrt, macht dann noch einen Schritt, schlägt die Hände vors Gesicht, wendet sich um und torkelt zum Wagen. Smirna hat den Wagen verlassen und geht unsicher auf die Postbotin zu)

POSTBOTIN

(hebt abwehrend die Hände)

Nein! Nein! Sieh nicht hin! Sieh nicht hin!

230

(Sie schwankt einige Schritte hinter den Wagen und übergibt sich. Im Hintergrund geht Smirna einige Schritte auf die Scheune zu, dreht sich dann ruckartig um, nimmt ein Handy aus der Tasche und wählt eine Nummer)

INT. LINDSTRöMS HAUS TAG

(LINDSTRÖM schlafend in einem Sessel. Die Zeitung ist ihm aus der Hand gefallen. Läuten des Telefons. Es dauert eine Weile bis er aufschreckt und zu dem Telefon schlurft)

       LINDSTRÖM
 Ja!

(Während er lauscht, strafft sich sein Körper zunehmend, schließlich ist er hellwach)

   Gut! Ich bin in einer halben Stunde bei euch. Muss mir nur etwas anziehen.

EXT. LINDSTRÖMS HAUS DÄMMERUNG

(Das typisch schwedische rotbemalte Haus liegt inmitten eines Nadelwaldes. Lindström verschließt die Tür und geht zu seinem alten Volvo)

EXT. EINSAMES GEHöFT IN SCHWEDEN NACHT

(Der Hofplatz ist durch Scheinwerfer der Polizei erleuchet. Aus dem Scheunentor dringt der Schein einer starken Stalllaterne, die den aufgebahrten Leichnam erhellt. Lindströms Wagen rollt ein. Er kurbelt das Fenster herunter und spricht STORMQIST an, der mit THÖRNLUND im Gespräch ist)

LINDSTRÖM
Ihr habt genug Leute hier rumlaufen. Wozu braucht ihr mich?

STORMQUIST
Zwanzig Augen sehen mehr als achtzehn. Du musst dir das ansehen, auch wenn es unschön ist.

LINDSTRÖM
(steigt aus dem Wagen, sieht sich um)
Ein bisschen runter, der Hof hier.

STORMQUIST
Der Besitzer wird damit keine Sorgen mehr haben. Übrigens, das hier ist Anja Thörnlund.
(Thörnlund vermeidet den Blick in die Scheune)
Sie ist seit drei Monaten bei uns. Kommt frisch von der A-ka-de-mie.
(Stormquist zwinkert Lindström grinsend zu)

INT. SCHEUNE NACHT

(Die Kamera zeigt eine herabhängende bleiche Hand, fährt an ihr hoch, schneidet den Kopf an, weiter herab über den bekleideten Oberkörper, erreicht die mit einem Tuch notdürftig abgedeckte Wunde zwischen den Schenkeln und gleitet ein Bein hinab auf die riesige Blutlache vor dem ebenfalls blutgetränkten Strohballen, auf dem die Leiche liegt. Ein KRIMINALTECHNIKER hält einen Plastikbeutel mit blutigen Gewebeteilen in der Hand)

KRIMINALTECHNIKER
So möchte ich nicht enden.

STORMQUIST
Dann solltest Du niemals fremdgehen.

THöRNLUND
(dreht sich abrupt um)
Wer sagt, dass es eine Frau war?
(LINDSTRÖM und STORMQUIST sehen sich an. Stormquist zuckt mit den Achseln)

STORMQUIST
Ein Mann schneidet einem anderen nicht das Geschei-
de ab.

LINDSTRöM
Es gibt Beispiele aus der Geschichte ...

THÖRNLUND
Könntet ihr aufhören damit, es ist schon ekelhaft ge
nug.
(Die gesamte Szene wird sichtbar: Eine Leiche liegt, nur
mit einem Hemd bekleidet, rücklings auf einem Strohballen inmitten einer Scheune mit allerlei alten Gerätschaften. Es wirkt wie ein Opferaltar. Eine Hose liegt am Fuße
des Stohballens. Die Wirkung der unwirklichen Szenerie
wird durch die zentrale Beleuchtung verstärkt. Die umstehenden Personen werden aus diesem Innenkreis heraus
schwach erhellt.
Der RECHTSMEDIZINER nähert sich dem Körper, versucht
den Arm anzuheben, er wirkt starr, blickt dem Toten ins
Gesicht, leuchtet mit einer Taschenlampe in die Augen.
Die Hand des Rechtsmediziners am Kopf des Toten.
Die Kamera gleitet hinauf zum Gesicht des Rechtsmeidzi-
ners mit Brillengläsern, in denen sich die Szene spiegelt)

RECHTSMEDIZINER
Etwa vor 12 Stunden. Na, ja, plus minus 3 Tod durch
Verbluten. Hämatom am Hinterkopf durch einen Schlag
mit einem scharfkantigen Gegenstand.

LINDSTRÖM
Geht das nicht genauer?

RECHTSMEDIZINER
Das fragt ihr immer. Siehst du hier die Leichenflecken?
Sie sind äußerst blass. Wenn er vor wenigen Stunden
gestorben wäre, würden die bei Druck verblassen.
Wie sollen die verblassen, wenn sie schon blass sind.
Und sie sind blass, weil das Blut fast völlig aus dem
Körper gepumpt wurde. Und es wurde aus dem
Körper gepumpt, weil allem Anschein nach der Mann
noch lebte, als er kastriert wurde. Ich kann dir auch
noch zeigen, wie ich die Rektaltemperatur gemessen
habe, und dann ist das noch abhängig von ...

LINDSTRÖM
(winkt ab)
Ja, ich weiß, jeder Fall ist anders und vor einer Obduktion wollt ihr euch nicht festlegen.

GERICHTSMEDIZINER
Genau so ist es. Aber ich kann euch was über die Todesursache voraussagen. Ohne Gewähr, versteht sich.

STORMQUIST
Na?

GERICHTSMEDIZINER
Hier, das Hämatom am Hinterkopf durch einen Schlag

mit einem stumpfen Gegenstand. Der Schlag war nicht tödlich. Der Tod trat durch den dramatischen Blutverlust beim Entfernen der Genitalien ein.
(Der Rechtsmediziner schaut zum ersten mal von der Leiche auf zu Lindström.)
Ach, du bist es. Ich verstehe. Das hier treibt sogar einen Pensionär vom Sofa hoch.

STORMQUIST
Das ist wie in Fröskog.

LINDSTRÖM
Wie in Fröskog vor zwei Wochen. Ich habe es in der Zeitung gelesen.
(Lindström, Stormquist und Thörnlund gehen von der Scheune über den nur spärlich beleuchteten Hof zum Wohnhaus.)
Wer hat den Mann gefunden?

THÖRNLUND
Die Postbotin.

STORMQUIST
Die Briefkästen sind doch unten an der Straße. Wie kann sie ihn da gefunden haben.

THÖRNLUND
Sie hatte ein Paket für ihn. Deshalb fuhr sie her, zusammen mit einer Praktikantin.

LINDSTRÖM
Wo ist sie jetzt?

THÖRNLUND
Sie hat einen Schock und ist noch im Krankenhaus.

LINDSTRÖM

Kein Wunder bei dem Anblick.

STORMQUIST

Das hier und die Sache in Fröskog . Was glaubst du?
Ein Nachahmer oder ...

LINDSTRÖM

... ein Serientäter, wolltest du sagen? Du wirst
mehr als die üblichen Anstrengungen brauchen, um
das herauszubekommen.
(Stormquist bleibt stehen, sieht Lindström mit einem fragenden Hundeblick an.)

LINDSTRÖM
(zögert)

Wenn es nicht so nahe vor meiner neuen Haustür
wäre, würde ich Nein sagen.

STORMQUIST

Das heißt also, JA.

LINDSTRÖM

Du würdest ja doch keine Ruhe geben und alle paar
Minuten mit einem Polizeiauto vor meiner Hütte ste
hen. Was würden die Nachbarn dazu sagen?

STORMQUIST

Welche Nachbarn? Deine Bären, Luchse und Wölfe?

LINDSTRÖM

Auch die mögen keine Bullen.

SUBJEKTIVE KAMERA

(CARLOS Blick folgt, durch Büsche behindert, dem Gang
der Gruppe ins Wohnhaus)

SCHNITT:

(Lindström, Stormquist und Thörnlund steigen über das
Paket im Eingang. Aus dem Innern fällt schwaches Licht)

SCHNITT:

(Carlo beobachtet aus der Deckung)

SCHNITT:

INT. HAUS DES OPFERS NACHT
(Im Hintergrund ein Fenster wie ein schwarzes Loch)

LINDSTRöM
Jemand muss einen abgrundtiefen Hass auf diesen
Mann gehabt haben.

STORMQUIST
Oder nur ein krankes Hirn.

LINDSTRöM
Es sieht nicht so aus, als ob er sich gewehrt hat. Er
muss ihn in der Scheune überrascht haben oder er ist
freiwillig mit nach draußen gegangen oder ...

THÖRNLUND
Ihr sollte hier nicht so rumlaufen. Wie sollen unsere
Techniker da Spuren sichern.

STORMQUIST
Entschuldigung, Frau Doktor.

(giftiger Blick von Thörnlund. Auf dem ungemachten
Bett liegen mehrere Pornohefte)

LINDSTRÖM
Nimm die Pornohefte mit. Vielleicht haben die sich das
ja zusammen angeguckt.
(Stormquist nimmt ein Heft auf dem Bett vorsichtig hoch)

STORMQUIST
Nach Schwulenliteratur sieht es ja nicht aus.

THÖRNLUND
Die Postbotin und die andere haben möglicherweise je
mand bei ihm gesehen. Ich gehe morgen ins Krankenhaus und spreche dann mit dem Mädchen.

EXT. HAUS DES OPFERS NACHT

(Blick durch Buschwerk auf das erleuchtete Fenster mit
den dahinter agierenden Figuren. Carlo tritt aus Versehen
auf ein Brett. Es knackt laut. Carlos Gesicht bleibt während der gesamten Szene unkenntlich)

INT. HAUS DES OPFERS NACHT
(Lindstöms Gesicht, er ruckt herum)

LINDSTRÖM
Habt ihr das auch gehört? War das einer von uns?
(Lindström und Stormquist eilen aus der Wohnung.
Die Kamera folgt der Gruppe vor das Haus ein paar
Schritte in die Dunkelheit. Es ist ruhig)

238

EXT. HAUS DES OPFERS NACHT

STORMQUIST
Ich lasse mal die Gegend absuchen.
(Er nimmt das Funksprechgerät aus dem Gürtel und
wendet sich von den anderen ab.)
Fährt mal einer auf die Hauptstraße zurück und sieht
nach, ob da irgendwo ein Fahrzeug steht!

LINDSTRÖM
Lass sein, Malte. Wir haben zu wenig Leute hier, um
den Busch abzusuchen.

STORMQUIST
(spricht ins Funkgerät)
Kommando zurück. Keine Nachsuche!

INT. HAUS DES OPFERS NACHT

(Beim Gang ins Haus stolpert Stormquist über das Postpa-
ket, nimmt es und reißt es im Gehen auf, hält die Pornohefte Lindström hin)

LINDSTRÖM
Na, ja! Nachschub für einsame Nächte.
(Thörnlund hält ein dickes Buch in der Hand und
blättert darin)

THöRNLUND
Seht mal! Hier ist eine Dorfchronik.
(Sie hält den beiden Polizisten eine aufgeschlagene Dop-
pelseite entgegen)
Da ist jedes Haus mit Besitzern und Geschichte be
schrieben, auch das hier.

STORMQUIST
(nimmt den Band interessiert entgegen, liest)
Alter Landadel, zumindest ist die Familie seit dem 18. Jahrhundert hier. So kann es gehen, jetzt ist sie ausgestorben.

LINDSTRÖM
(nimmt Stormquist das Buch aus der Hand, blättert an den Anfang)
Ein Anders Leifsson hat sich die Arbeit gemacht. Den sollten wir mal aufsuchen. Vielleicht gibt es irgendeinen Hinweis auf einen in der Gegend, der einen Anlass hat, sich mit unseren Opfern so intensiv zu beschäftigen.

INT. POLIZEIPRÄSIDIUM TAG

(Hektisches Treiben auf einem Flur. Lindström, Stormquist und Thörnlund. Der Gang endet in Lindströms Büro, die Tür schlägt zu. Es ist plötzlich auffallend ruhig. Lindström lässt sich in einen Schreibtischsessel fallen. Der Blick fällt auf eine Pinwand mit Notizen und Fotos der beiden Mordfälle)
STORMQUIST
Was glaubst du, haben wir es mit einem Serientäter zu tun.
LINDSTRÖM
(nachdenklich)
Keine voreiligen Schlüsse. Du weißt doch. Eine Serie beginnt immer erst mit dem dritten Mord!
(wendet sich an Thörnlund)
Hat die Befragung der Postbotin und des Mädchens etwas ergeben?

THÖRNLUND
Nein, nur dass sie ihm jeden Monat widerwillig Pornohefte liefert.

STORMQUIST
Woher weiß die das. Liest sie seine Post?
(grinst)

THÖRNLUND
Das hat sie mir nicht verraten. Gesehen haben die
beiden übrigens niemanden.

STORMQUIST
(nachdenklich)
Ich frage mich: Gibt es wirklich einen Zusammenhang
zwischen diesem Mord und dem in Fröskog?

STORMQUIST
Ich denke schon. Die Machart ist zu offensichtlich.
(Lindström geht zu einer Tafel, auf der die zwei Tatorte
markiert sind)

LINDSTRÖM
Allerdings, außer, dass sie nur zehn Kilometer voneinander entfernt lebten, sehe ich keine logische Verbindung zwischen den Opfern.

STORMQUIST
Zwischen den beiden nicht, aber vielleicht aus der Sicht
des Täters.

LINDSTRÖM
Bist du sicher, dass es ein Mann ist, es gibt keine Spuren, die das eindeutig belegen.

STORMQUIST
Der Krafteinsatz beim Niederschlagen und Bewegen des Opfers ...

LINDSTRÖM
Pah! Ich kann dir aus dem Stehgreif zehn Frauen nennen, die dazu in der Lage wären.

THÖRNLUND
Dann müsste es eine sein, die von beiden Männern misshandelt wurde, oder hintergangen, oder ...

STORMQUIST
Aktenkundig ist nichts, aber was heißt das schon.

THÖRNLUND
Es ging um eine Frau.

STORMQUIST
(ärgerlich)
Ja, worüber reden wir denn die ganze Zeit!

THöRNLUND
Reg dich ab, Malte. Die waren hinter der gleichen Frau her, alle drei, und unser Mörder ging leer aus.

LINDSTRÖM
Kein ausreichendes Motiv, um die beiden umzubringen.

THÖRNLUND
Das sagst du, wo du aus der Stadt kommst. Du könntest dir am nächsten Tag eine neue auftun.

STORMQUIST
(erschrocken)
Halt, halt, Anja. Da hast du jetzt bei Sven den falschen
Knopf gedrückt. Nimm das zurück!

THÖRNLUND
Scheiße, konnte ich ja nicht wissen. Verzeih mir, Sven,
ich, ich ...

LINDSTRÖM
Ach, Unsinn, vergiss es. Möglicherweise hast du ja
recht. Du kannst gerne nochmal die Wohnungen
durchsuchen, nach Briefen, Kontoauszügen von Geschenken, so in der Art. Ich kann mir allerdings nicht
vorstellen, dass es als Tatmotiv ausreicht. Der Grund
muss tiefer liegen. Irgend etwas Schreckliches muss
geschehen sein, dass ein Mann oder eine Frau
eine solche Serie startet.

EXT. VOR DEM POLIZEIPÄRSIDIUM ABEND

(Lindström und Thörnlund gehen über den Parkplatz
in Richtung des Wagens. Thörnlund zögert, bevor sie
Lindström anspricht)

THÖRNLUND
Das vorhin, das tut mir leid ... ich weiß ja nicht ...

LINDSTRÖM
Wir hatten vor vier Jahren fast eine Kollegin verloren.

THÖRNLUND
Anna Lindén?
(Sie erreichen schweigend ihr Fahrzeug und steigen ein)

INT. POLIZEIFAHRZEUG NACHT

(Thörnlund fährt. Die Gesichter im Wagen sind nur schwach durch die Armaturen beleuchtet)

      LINDSTRÖM
Ja, Anna. Hat dir das Malte erzählt? Ja, wer sonst.

      THÖRNLUND
Er sagte, es wäre für dich nicht nur eine Kollegin gewesen.

      LINDSTRÖM
Er kann den Mund nicht halten

      THÖRNLUND
Willst du darüber sprechen?
(Lindström wendet sein Gesicht von Thörnlund weg. Beide schweigen einen Moment)

      LINDSTRÖM
Wir hatten die Täter gestellt, aber ihre Drohung nicht ernst genommen. Sie hatten Anna gekidnappt und in einem Haus gefesselt zurückgelassen.

      THÖRNLUND
Es ist jetzt dein Haus, richtig?

      LINDSTRÖM
Ja.

      THÖRNLUND
Wie kannst du in diesem Haus leben, an dem solche Erinnerungen haften?

244

LINDSTRÖM
Das Haus gehörte Deutschen. Sie waren in den Fall
verwickelt. Wir mussten es leerräumen, bis auf die
rohen Balken.

THÖRNLUND
Malte hat davon erzählt. Es war verwanzt.

LINDSTRÖM
„... und vermint. Zwei Jahre stand es danach zum Ver -
kauf. Keiner wollte es haben.

THÖRNLUND
Dann hast du es gekauft?

LINDSTRÖM
Dann habe ich es gekauft. Vielleicht auch, um von der
Geschichte loszukommen.

THÖRNLUND
Und bist du?

LINDSTRÖM
Was?

THÖRNLUND
... von der Geschichte losgekommen?

(Lindström schweigt)

LINDSTRÖM
Anna hat das nicht verkraftet. Sie hat sich das Leben
genommen.

THÖRNLUND
Und du fühlst dich schuldig.

LINDSTRÖM
Schuldig nicht, aber verantwortlich.

THÖRNLUND
Wieso das?

LINDSTRÖM
Einer der Täter hatte mich gewarnt. Das Ganze war
zum Schluss eine Sache zwischen ihm und mir.

(Schweigen)

THÖRNLUND
Du gibst diesem Mann die Schuld an ihrem Tod. Hasst
du ihn deshalb?

LINDSTRÖM
(zögert)
Ich hasse ihn, ja!

THÖRNLUND
Könntest du dir vorstellen ihn zu töten?

LINDSTRÖM
Vorstellen? Jede Nacht nehme ich ihm das Leben.
Wenn ich wach liege, denke ich: Ein Leben gegen das
andere.

THÖRNLUND
Und?

LINDSTRÖM

Aber wenn er vor mir stünde ... Ich könnte den Schalter nicht umlegen. Verstehst du, was ich meine?

THÖRNLUND

Ja. Unser Täter kann den Schalter umlegen.

LINDSTRÖM

Ja, er legt den Schalter um. Das ist der Unterschied zwischen uns, ein verdammt kleiner Unterschied.

THÖRNLUND

Aber der entscheidende.

(Über einen Waldweg erreichen Sie Lindströms Haus. Der Wagen stoppt)

THÖRNLUND

Hast Du Angst vor dem Alleinesein?

LINDSTRÖM

(Er lächelt. Überlegt einen Moment)

Nein, manchmal ist ein ehrliches Alleinesein besser als eine Lüge im Bett.

(Thörnlund stutzt, wirkt irritiert, lacht dann aber. Lindström verlässt den Wagen)